수상한
회장선거

수상한 회장선거

청소년 성장소설 십대들의 힐링캠프, 차별(다문화)

[십대들의 힐링캠프®] 시리즈 **NO.41**

지은이 | 조욱
발행인 | 김경아

2022년 1월 25일 1판 1쇄 인쇄
2022년 2월 2일 1판 1쇄 발행

이 책을 만든 사람들
책임 기획 | 김경아
기획 | 김효정
북 디자인 | KHJ북디자인
표지 삽화 | 정지란
교정 교열 | 김경미
경영 지원 | 홍종남

이 책을 함께 만든 사람들
종이 | 제이피씨 정동수 · 정충엽
제작 및 인쇄 | 천일문화사 유재상

청소년 기획위원
정가인, 양태훈, 양재욱

펴낸곳 | 행복한나무
출판등록 | 2007년 3월 7일. 제 2007-5호
주소 | 경기도 남양주시 도농로 34, 301동 301호(다산동, 플루리움)
전화 | 02) 322-3856 팩스 | 02) 322-3857
홈페이지 | www.ihappytree.com
도서 문의(출판사 e-mail) | e21chope@daum.net
내용 문의(지은이 e-mail) | whdnr629@naver.com
※ 이 책을 읽다가 궁금한 점이 있을 때는 지은이 e-mail을 이용해 주세요.

ⓒ 조욱, 2022
ISBN 979-11-88758-42-5
"행복한나무" 도서번호 : 143

차례

대한이는 과거에 멕시코인이었고 지금은 한국인이다.

하지만 멕시코에서는 멕시코인이 아니기도 했으며,

한국에서는 한국인이 아니기도 하다.

그래서인지 대한이는 이름이 두 개다.

멕시코에서는 다니엘, 한국에서는 김대한.

아빠의 폭탄선언

대한이는 과거에 멕시코인이었고 지금은 한국인이다.

하지만 멕시코에서는 멕시코인이 아니기도 했으며 한국에서는 한국인이 아니기도 하다.

그래서인지 대한이는 이름이 두 개다.

멕시코에서는 다니엘, 한국에서는 김대한.

2020년 10월에 한국으로 오게 된 것은 코로나19로 아빠의 사업이 어려워졌기 때문이었다.

대한이와 누나들의 인생에서 최고로 충격적인 일이었다.

그 당시 멕시코에서 가장 큰 축제인 망자의 날을 앞두고 대한이와 누나들은 친구들과 축제 준비로 무척 들떠 있었기 때문에 그 충격은 더 크게 느껴졌다.

대한이는 저녁을 먹고 방으로 돌아와 침대에 털썩 누워 핸드폰을 봤다.

오늘이 10월 31일이라는 것을 알았다.

"멕시코에 있었으면 망자의 날 축제 준비한다고 엄청 바빴을 텐데……."

대한이는 작년 이맘때 아빠가 폭탄선언을 했던, 그날 저녁이 떠올랐다.

그날 저녁 식사는 최고의 음식에 최악의 분위기였다.

친구들과 동네 공터에서 축구를 하고 돌아오자 파히타 냄새가 온 집 안에 가득했다.

다니엘은 코를 킁킁거리며 부엌과 방을 몇 번씩이나 들락거리며 엄마에게 물었다.

"엄마, 우리 언제 저녁 먹어요?"

"응, 금방 돼."

토르티야를 접시에 담으며 엄마가 말했다.

그런데 평소와는 다르게 엄마의 목소리엔 밝은 기운이 없었다.

다니엘은 순간 엄마가 낯설어져서 몇 걸음 뒤로 물러섰다가 슬그머니 자기 방으로 들어갔다.

"밥 먹으로 와."

엄마의 서툰 한국말이 이렇게 달콤하게 들릴 줄이야.

이 말을 기다렸다는 듯이 다니엘과 누나들이 먼저 부엌으로 왔다.

하지만 아빠는 마치 억지로 오는 사람처럼 부엌 주변을 맴돌다 식탁에 앉았다.

기도를 마치자마자 세 남매는 토르티야에 파히타 속 소고기와 새우를 경쟁하듯 집어넣었다.

"너무 맛있어."

"엄마의 파히타는 최고지."

누나의 말에 다니엘도 한마디 거들었다.

세 남매가 허겁지겁 파히타를 먹고 있는데 조용히 식사를 하던 아빠가 입을 열었다.

"얘들아, 많이 먹어."

"아빠 오늘 이상해."

눈치가 빠른 다니엘의 둘째 누나, 마리아나가 아빠를 귀엽게 째려보며 말했다.

아빠는 한국 사람이었다.

한국 이름은 김민수라고 했다.

여기 사람들은 미구엘 김이라고 부른다.

아빠는 한국에서 대학 시절, 배낭여행으로 멕시코 휴양지인 칸쿤에 놀러 왔다가 멋진 바다의 매력에 빠져서 서른 살에 멕시코로 사업을 하러 왔다.

엄마도 이곳에 와서 만났다.

아빠가 시작한 사업은 수상레저 센터였다. 주로 한국 관광객이 많이 왔다.

관광객이 오면 단체로 보트를 태워 나가서 스노클링, 낚시, 스쿠버 다이빙을 하고 돌아오곤 했다.

다니엘도 쉬는 날이면 아빠 가게에 가서 관광객과 같이 보트를 타고 스노클링을 하며 다니엘 또래의 어린 손님을 도와주곤 했다.

관광객이 도와줘서 고맙다며 주는 팁을 받는 것도 다니엘이 아빠를 도와주러 자주 가는 이유였다.

한국 관광객은 아빠의 나라에서 온 사람들이라 그런지 몰라도 이상하게 친근한 느낌이 들었다.

다니엘은 가끔씩 자기를 보고 어설픈 영어로 말을 거는 한국 친구들에게 한국말로 대답을 하며 깜짝 놀래 주는 것도 재미있었다.

어릴 때부터 다니엘과 누나에게 한글을 가르쳐 주고 집에서는 한글을 쓰게 하신 아빠 덕분이었다.

엄마도 다닐엘과 누나들이 한글을 배울 때 옆에서 같이 배우더니 곧잘 하게 되었다.

가끔 속상한 일도 있었다.

하루는 다니엘과 비슷한 나이 또래의 친구에게 스노클링을 가르쳐 주고 있는데 근처에 있던 다른 친구가 엄마에게 이렇게 얘기하는 거다.

"엄마, 쟤 멕시코인인데 한국말 잘해. 멕시코는 저렇게 어린 학생도 돈을 벌어야 하나 봐."

그러자 그 아이 엄마도 맞장구쳤다.

"그러게, 불쌍하다. 넌 저렇게 고생하지 않아도 되니 얼마나 좋니? 그러니까 공부 열심히 해야 해. 알았지?"

그걸 보고 다니엘은 그 사람들에게 가서 이렇게 얘기했다.

"우리 아빠가 여기 사장이에요. 우리 아빠도 한국 사람이에요. 전 한국에 가 보지 못했지만 저도 한국 사람이에요."

이렇게 얘기하고 뒤돌아 바다로 풍덩 뛰어들었다.

그 뒤로 다니엘은 아빠가 일하는 곳에 가지 않았다.

한국 관광객들이 주는 팁을 못 받는 게 아깝긴 했지만 그래도 상관없다 생각했다.

아빠도 더 이상 왜 안 도와주냐고 말하지 않았다.

언제부터인지 식탁 등이 고장 났는지 불빛이 껌벅껌벅하더니 희미해졌다.

그래서 그런지 아빠의 이마 주름이 깊게 보였다.

"애들아, 이제 아빠는 더 버틸 자신이 없어. 한국에 돌아가고 싶어."

저녁 식사를 마치고 나서 내뱉은 아빠의 한마디에 첫째 딸, 안드리아나와 둘째 딸, 마리아나 그리고 막내인 다니엘은 순간 얼어붙었다.

말 그대로 얼음이 되어 버린 듯했다.

무슨 말부터 꺼내야 하는지 몰라 서로의 얼굴만 바라보다가 가늘게 떨리는 아빠의 얼굴을 봤지만 아빠도 더는 말을 이어 가지 않았다.

아빠의 눈에는 금세 눈물이 글썽거렸다.

눈물이 고인 아빠의 눈을 보는 것은 거의 처음이었다.

아빠를 대신해 엄마가 어색한 침묵을 깼다.

"아빠 일이 코로나 때문에 힘들어졌어. 아빠는 한국으로 가고 싶어 해."

다니엘은 엄마와 아빠 얼굴을 번갈아 쳐다봤다.

아빠에게 무슨 말이라도 듣고 싶었다.

다니엘과 누나들은 아빠가 그냥 힘들어서 한 농담이었다고 웃으며 걱정하지 말라고 다시 말해 주길 바랐다.

엄마는 그런 아이들의 희망을 이 말과 함께 순식간에 지워 버렸다.

"엄마도 아빠 나라 가고 싶어."

이 말을 듣고 안드리아나는 의자를 박차고 자기 방으로 들어가 버렸고, 마리아나도 언니를 따라 들어갔다.

다니엘은 식탁에 엎드려 울어 버렸다.

엄마는 다니엘 어깨에 손을 올리고 말했다.

"코로나 때문에 아빠 가게에 손님이 안 와서 많이 힘들어 해. 엄마는 아빠가 힘든 거 싫어. 다니엘도 그렇지?"

고개를 들어 엄마를 보자 엄마는 다니엘을 꼭 안아 줬다.

다니엘도 당연히 아빠가 힘든 건 싫다고 생각했다.

하지만 정든 친구들과 헤어지는 게 더 싫었다.

그렇게 생각하니 다시 서러워져서 꺼억꺼억 울었다.

아빠는 다니엘과 엄마를 보며 어쩔 줄 몰라 하다가 안드리아나와 마리아나의 방으로 향했다. 문을 노크하고 살며시 문을 열고 들어갔다.

문틈으로 안드리아나와 마리아나의 울음소리가 새어 나

왔다.

그날 저녁은 온 집 안이 울음바다였다.

"이제 다 끝난 일인데 뭘."

대한이는 고개를 세차게 흔들었다.

화장실에서 세수를 하던 대한이도 누나의 얘기를 들었다.
대한이는 세수를 하다 말고 세면대 앞 거울에 비친
자기 얼굴을 쳐다봤다.
움푹 들어간 눈, 긴 눈꺼풀, 그리고 갈색 피부.
친구들과 다른 자기 얼굴이 갑자기 낯설게 느껴졌다.
대한이는 차가운 물을 틀어 하얗게 묻어 있는 비누 거품을 씻어 내고
다시 한 번 더 비누 거품을 내어 얼굴에 문질러 댔다.

2장

아름, 다운, 대한

한국으로 오자마자 엄마와 아빠는 아이들의 이름을 한국말로 개명하기로 했다.

엄마는 이왕이면 순우리말 이름이 좋겠다면서 인터넷에서 검색했다.

아빠도 엄마의 의견이 좋다고 했다.

사실 아빠는 엄마가 한국에 와 준 것만으로도 고마워하고 있었다.

자신의 나라와 고향, 가족을 떠나 새로운 나라로 오는 것이 얼마나 어려운 결정인지 누구보다 잘 알고 있었다.

오래 걸리지 않아 엄마는 아이들을 불러 놓고 말했다.

"예쁜, 푸른, 하늘 어때?"

마리아나가 눈을 찌푸리며 고개를 가로저었다.

"이름으로 쓰기엔 좀 어색한 것 같아."

"음, 나도 그렇게 생각해."

안드리아나도 고개를 끄덕이며 마리아나의 말에 동의했다.

엄마는 하는 수 없다는 듯이 다음 이름 후보를 꺼냈다.

"그럼 동해, 서해, 남해는?"

"난 반대야, 반대. 우리가 바다야?"

이번엔 다니엘이 눈이 동그래져서 손을 내저으며 말했다.

아빠도 다니엘의 표정을 보며 오랜만에 웃었다.

안드리아나와 마리아나도 아빠를 보며 따라 웃었다.

엄마는 미간을 찌푸리며 다시 검색하기 시작했다.

그리고 얼마 지나지 않아 말했다.

"아름, 다운, 대한, 어때?"

"와, 좋은데? 대한은 한자어이기는 하지만 좋아!"

아빠가 엄마의 말에 맞장구를 쳤다.

"전, 좋아요."

안드리아나가 마리아나와 다니엘을 보며 얘기했다.

마리아나와 다니엘도 만족한 듯 서로를 보며 연신 고개를 끄덕였다.

"그럼, 순서대로 제가 아름이고 마리아나가 다운, 그리고 다니엘이 대한으로 하면 어때요?"

안드리아나가 말했다.

"나도 좋아요."

"나도요."

마리아나도 대한이도 안드리아나가 얘기한 이름이 마음에 드는 듯 말했다.

"아름, 다운, 대한, 참 좋은 이름인 것 같아. 왠지 뒤에 민국이 있어야 완성될 것 같지만 말이야."

아빠도 흐뭇한 듯 웃으며 말했다.

엄마는 아빠의 농담에 입을 삐죽 내밀었지만 이내 피식 같이 웃고 말았다.

"아름, 다운, 대한, 일어나. 아침 먹고 학교 가야지."

"아~~~함, 벌써 아침이네. 다운아, 대한아 일어나. 밥 먹고 학교 가자."

엄마가 아침에 삼 남매를 부르자 첫째인 아름이가 가장 먼저 일어나 동생들을 깨웠다.

둘째인 다운이가 일어나고 막내 대한이도 가장 늦게 눈을 비비며 일어났지만, 다시 앉은 채로 꾸벅꾸벅 졸고 있었다.

"다니엘, 아니 김대한! 너 또 앉아서 자고 있지?"

아름이가 식탁에서 소리치자 대한이는 눈이 번쩍 떠졌다.

대한이는 엄마보다 큰누나가 더 무서웠다.

엄마는 대한이에게 큰 소리 한 번 내지 않았지만, 아름이는 유독 막내에게 너그러운 엄마와 아빠가 못마땅했다.

그래서 대한이가 버릇없이 굴 때마다 정색하며 혼내는 건 항상 아름이의 몫이었다.

대한이가 슬금슬금 부엌으로 왔다.

"아이고, 잠꾸러기님 오셨네요."

아름이는 대한이를 보고 비꼬듯 말하며 일어섰다.

대한이는 이런 일은 일상이라는 듯 아름이에게 코를 찡긋하고 식탁 의자에 앉아 시리얼을 그릇에 담고 우유를 부었다.

"아빠는?"

"아침 드시고 일 나가셨지. 너처럼 게으름쟁이는 아니시잖아."

대한이의 말에 마리아나 누나가 대답하고 혀를 쭉 내밀었다.

아빠는 한국에 오자마자 할머니가 하시는 식당 일을 도와주고 있는데 아침마다 음식 재료 다듬는 것을 배우고 있다.

그리고 조만간 멕시코 요리와 한국 요리를 섞은 요리를 파는 식당을 해 보고 싶다고 했다.

대한이는 시리얼을 다 먹고 마지막 남은 우유를 쭈욱 들이켰다.

우유의 끝 맛이 달콤했다.

멕시코에서 지낼 때와 별로 달라지지 않은 아침 식사였다.

다니엘이 개수대에 그릇을 넣을 때였다.

"학교 다녀올게요."

아름이가 현관문을 열고 인사하는 소리가 들렸다.

"아름아, 무슨 일 있어? 동생들이랑 같이 가지 않고……."

"아침 일찍 가서 공부하려고요. 이제 곧 시험 기간이라 공부할 게 많단 말이에요."

엄마의 말에 아름이가 현관문 밖에서 집 안으로 던지듯이 대답하곤 쌩하니 달려 나갔다.

꼭 누가 따라올까 피하는 눈치였다.

"멕시코에서는 학교 갈 때 동생들이랑 항상 같이 가더니……."

"며칠 전부터 저래. 우리 둘이 학교 같이 갈 때 사람들이 자꾸 쳐다보니까. 처음엔 그럴 수 있다고 생각했는데 자주 그런 일이 있다 보니 나도 짜증이 나던걸."

언니랑 같은 중학교에 다니는 다운이가 엄마의 말에 한숨 쉬듯 말했다.

엄마는 설거지를 하며 다운이의 말을 말없이 듣고 있었다.

"엄마, 나 비비크림 다 떨어졌어. 하나 더 사 줘요."

방으로 들어가서 금세 가방을 챙기고 나온 다운이가 신발을 신으며 말했다.

"벌써 다 썼어? 사 준 지 얼마 안 됐잖아. 그리고 공부하러 가는데 화장을 왜 그렇게 해?"

"이쁘게 보이고 싶어서가 아니라 얼굴 까맣다고 애들이 놀릴까 봐 그래요. 언니랑 같이 쓰니까 금방 쓴단 말이에요."

"휴, 알겠어. 조심해서 다녀와."

다운이의 말에 엄마도 더는 말을 하지 않았다.

화장실에서 세수를 하던 대한이도 누나의 얘기를 들었다.

대한이는 세수를 하다 말고 세면대 앞 거울에 비친 자기 얼굴을 쳐다봤다.

움푹 들어간 눈, 긴 눈꺼풀, 그리고 갈색 피부.

친구들과 다른 자기 얼굴이 갑자기 낯설게 느껴졌다.

대한이는 차가운 물을 틀어 하얗게 묻어 있는 비누 거품을 씻어 내고 다시 한 번 더 비누 거품을 내어 얼굴에 문질러 댔다.

대한이는 후드 점퍼 주머니에 손을 찔러 넣고 학교로 향했다.

저만치 앞에 대한이 누나 학교의 교복을 입은 누나들이

수다를 떨며 오고 있었다.

대한이는 재빨리 모자를 올려 쓰고 고개를 숙였다.

마스크를 써서 대한이의 눈만 보였지만 꼭 벌거벗은 기분이었다.

빠른 걸음으로 누나들을 지나쳐 가고 웃음소리와 수다 소리가 흐릿해지자

비로소 마음이 편해졌다. 뒤통수가 근질근질했다.

3장

갈색 피부 한국인

"학교 다녀올게요."

삼 남매 중 꼴찌로 대한이가 인사를 하고 현관문을 나섰다.

"어. ……어, 대한이. 조심히 다녀와. 휴~~!"

식탁에 앉아 있던 엄마는 무슨 생각을 하는지 대한이의 인사에 한 박자 느리게 대답했다.

'에잇 참, 누나는 괜한 말을 해 가지곤…….'

현관문 틈으로 자그맣게 새어 나온 엄마의 한숨 소리가 대한이의 머릿속을 휘젓고 다니고 있었다.

아파트 중앙 현관을 나오자 서늘한 바람이 목덜미를 스치고 지나갔다.

대한이는 후드 점퍼 주머니에 손을 찔러 넣고 학교로 향했다.

저만치 앞에 대한이 누나 학교의 교복을 입은 누나들이 수다를 떨며 오고 있었다.

대한이는 재빨리 모자를 올려 쓰고 고개를 숙였다.

마스크를 써서 대한이의 눈만 보였지만 꼭 벌거벗은 기분이었다.

빠른 걸음으로 누나들을 지나쳐 가고 웃음소리와 수다 소리가 흐릿해지자 비로소 마음이 편해졌다. 뒤통수가 근질근질했다.

"바보같이 뭐 하는 거야."

대한이는 혼잣말을 하며 모자를 벗고는 곱슬한 머리를 북북 긁었다.

사실 대한이도 한국에 살러 오고 나서는 조금씩 다른 사람의 눈치를 보기 시작했다.

어렸을 때 아빠를 따라 한국으로 여행 왔을 때는 그저 아빠의 나라라는 게 신기했을 뿐이었다.

어차피 다른 나라 사람이 한국으로 여행을 온 거라고 생각했으니까 말이다.

그때는 피부색 같은 건 관심도 없었다.

하지만 아빠와 엄마는 한국에 들어오면서 아름, 다운, 대한이는 이제 한국인이라고 했다.

갑자기 멕시코인에서 한국인이 되어야 했다.

한국에 여행 왔을 때와 한국에서 사는 것은 너무나도 달랐다.

대한이가 멕시코에 있을 때는 워낙 다양한 피부색의 친구들이 있어서 크게 신경이 쓰이지 않았다.

하지만 한국에 와서 처음 교실에 들어선 대한이의 눈에 띈 것은 아이들의 피부색이었다.

그날은 엄마와 처음 한국 학교로 가기로 한 날이었다.

"한국 사람들 좋은 사람들 많아. 엄마는 아빠를 보면 알아. 좋은 친구들 많을 거야."

자기도 모르게 손톱을 물어뜯고 있는 대한이를 보고 엄마가 말했다.

"응. 그런데 갑자기 조금 떨린다."

대한이가 어색한 웃음을 지었다. 엄마가 대한이를 보더니 꼭 안아 줬다.

학교에 가는 길에 만난 몇몇 사람들이 대한이와 엄마를 번갈아 보며 지나갔다.

엄마는 당당히 앞을 봤지만, 대한이는 왠지 부끄러워져서 고개가 저절로 숙여졌다.

"너, 잘못한 거 없어."

"알아, 아는데 사람들이 쳐다보는 게 부끄러워서 그래."

"금방 괜찮아질 거야."

"그렇겠지?"

엄마의 말에 대한이도 마음이 조금 놓였다.

저기 앞에 대한이가 다닐 초등학교가 보였다.

누리빛초등학교

대한이는 학교 이름이 참 예쁘다고 생각했다.

"자, 들어가자."

"응."

엄마의 말에 대한이는 애써 힘을 줘 대답했다.

"안녕하세요."

"어서 오세요. 대한이 어머님."

엄마가 교무실 문을 열고 들어가며 인사를 하자 며칠 전에 엄마가 다녀가서 그런지 여러 선생님들이 인사를 했다.

대한이도 머리를 꾸벅 숙였다.

"네가 대한이구나. 반가워. 선생님은 이 학교의 교감 선생 님이란다."

"안녕하세요."

"대한이는 한국말 잘하네. 금방 적응하겠는걸? 호호호."

마스크 넘어 교감 선생님의 웃음소리가 새어 나왔다.

대한이는 아빠에게 어릴 때부터 한글을 배워 두길 잘했다고 생각했다.

"대한이는 4학년 7반으로 배정되었어요. 담임 선생님께서 곧 데리러 오실 거예요."

옆에 있던 선생님이 말하기가 무섭게 교무실 문이 열리고 한 남자 선생님이 고개를 쑥 내밀며 들어왔다.

"안녕하세요. 아, 네가 대한이구나. 만나서 반갑다. 선생님은 남은 4학년 동안 너랑 함께 지낼 담임 선생님이란다."

마스크 위로 눈이 선하게 보이는 선생님이었다.

선생님은 교감 선생님과 잠깐 얘기를 나눈 뒤, 대한이와 교무실을 나섰다.

선생님을 따라가며 대한이는 학교를 둘러봤다.

한국 학교는 멕시코에서 다녔던 학교와는 비교할 수 없을 정도로 컸다.

높고 큰 건물 안에는 엄청나게 많은 교실이 빼곡히 들어서 있었다.

대한이는 두리번거리며 선생님 뒤를 종종걸음으로 따라갔다.

앞서가던 선생님이 뒤돌아보며 대한이에게 말했다.

"이따가 교실로 들어가면 선생님이 친구들에게 네 이름을 말하고 소개해 줄 거야. 그다음에 네가 간단하게 친구들에게 인사말을 해 주면 좋겠는데, 할 수 있겠지?"

"네."

대한이는 마른 입술에 침을 바른 뒤에 조금 늦은 대답을 했다.

"한국말은 언제 배웠니?"

"어렸을 때부터 아빠가 가르쳐 주셨어요. 집에서는 한국말만 사용했고요."

"아버님이 훌륭하신 분이구나."

선생님의 느닷없는 아빠 칭찬에 대한이는 어깨가 으쓱했다.

"여기 친구들도 멕시코에서 만나는 친구들과 별로 다르지 않을 거야. 처음이라 긴장되겠지만 너무 걱정 말고."

선생님은 5층까지 올라가서 '4-7'이라고 적힌 팻말이 걸려 있는 교실 문 앞에 섰다.

이미 몇몇 아이들은 선생님이 언제 올라오나 뒷문을 열고 고개를 내밀어 보고 있었다.

"이놈들, 책 읽고 있으라고 했더니만, 전학생이 그렇게 궁금했니?"

아이들은 선생님의 이 말에 얼른 문을 닫고 교실로 들어가며 소리쳤다.

"야, 전학생 왔다."

선생님은 대한이를 보고 눈을 찡긋하고 어깨를 으쓱해 보이고는 교실 문을 열고 들어섰다.

어수선했던 교실은 선생님과 대한이가 들어서자 금세 조용해졌다.

모든 아이들의 눈이 대한이를 향했다.

"자, 오늘부터 우리 반으로 전학 온 친구를 소개할게. 이름은 김대한, 그리고 이 친구는 멕시코에서 살다가 한국으로 왔어. 다들 친하게 지내. 알겠지?"

"네!"

아이들의 대답 소리가 크고 또렷했다.

선생님은 아이들의 대답을 듣고 만족한 듯 말을 이어 갔다.

"대한이가 간단하게 자기소개를 할 거야. 어렸을 때부터 한국인 아버지한테 배워서 한국말 잘하더라. 자, 대한아. 친구들한테 인사해 줘."

선생님은 대한이를 보며 고개를 한 번 끄덕인 뒤 옆으로 물러섰다.

대한이는 그제야 고개를 들어 같은 반 친구들을 바라봤다.

친구들을 봤을 때 가장 눈에 띄었던 것은 뽀얀 피부색이 었다.

그 순간 엄마의 말이 떠올랐다.

'너, 잘못한 거 없어.'

하지만 대한이는 유난히 짙은 피부색이 꼭 자기의 잘못인 것 같았다.

'매일 바다에서 노는 게 아니었는데.'

"대한아, 친구들이 기다리잖아."

옆에 서 있던 선생님이 대한이에게 작은 소리로 말하자 대한이는 그제야 정신이 돌아왔다.

"저는 김대한입니다. 멕시코에서 왔고요. 여러분들과 친구가 되고 싶어요. 잘 부탁해요."

"이야, 한국말 잘한다."

대한이의 인사말에 친구들이 여기저기서 박수를 치고 감탄하며 말했다.

"자, 대한이는 저기 민국이 뒤에 빈자리가 있으니까 저기 가서 앉으면 되겠다. 그리고 며칠 뒤에 자리 바꾸는 날이니까 그때 마음에 드는 자리로 옮겨 줄게."

"네."

대한이는 작게 대답하곤 빈자리로 가서 앉았다.

"야, 왠지 민국이와 대한이 잘 어울리는데?"

"그러게 이름을 합치면 대한민국이잖아. 푸흡."

"쟨 벌써 2개 국어를 하네."

"그러게 멕시코가 영어를 하던가? 멕시코어가 있나?"

"몰라 어쨌든 2개 국어를 하겠지. 나도 다른 나라에서 살아 보고 싶다. 다른 나라에서 살면 2개 국어는 당연하게 할 수 있을 텐데."

친구들끼리 쑥덕거리는 소리가 들렸다.

친구들의 말을 들은 대한이는 기분이 썩 좋지는 않았다.

'내가 멕시코에서 매일 저녁 한국말을 배우느라 얼마나 힘들었는데, 그리고 다른 나라에서 살고 싶다고? 아무도 모르는 곳에 혼자 던져진 것 같은 기분을 쟤네들은 알까?'

대한이는 그날 온종일 기분이 정말 엉망진창이었다.

그렇게 학교에서의 첫날이 시작되었다.

'누나들도 첫날 이런 기분이었을까?'

대한이는 잠시 누나들 걱정이 들었다.

학교에 처음 왔던 날을 떠올리며 가다 보니 어느새 학교 교문이 보였다.

대한이는 교실로 향하는 아이들 무리 속으로 뛰어 들어갔다.

한국에서는 코로나 때문에 학교에서도 수업 시간에

축구를 거의 하지 못했다.

수업이 끝나면 운동장에 모여 축구를 하기도 했는데

축구를 좋아하는 민국이가 대한이에게 축구를 같이하자고 했다.

그다음부터 수업이 끝나면 대한이는 민국이와 몇몇 친구들과 축구를 하며

시간을 보내곤 했다.

그게 이 학교로 전학을 와서 1년 동안 유일하게

대한이가 즐거웠던 시간이었다.

4장

정민이

"야, 김대한, 같이 가자."

많은 아이들 속에 섞여서 교실로 향하던 대한이 뒤에서 누군가 부르는 소리가 들렸다. 같은 반 친구인 민국이었다.

'하필이면 이름이 민국이어서······.'

대한이와 작년에 같은 반이었던 민국이는 5학년인 올해도 2반으로 같은 반이다.

선생님이 일부러 그렇게 대한이와 민국이를 짝지어 반을 배정했는지는 알 수 없지만 여하튼 그렇게 되었다.

작년에 대한이가 전학 온 날, 쉬는 시간에 가장 먼저 대한이에게 말을 걸었던 친구가 바로 민국이었다.

　"대한아, 난 민국이야. 우리 친하게 지내자."

　마스크 때문에 얼굴을 다 볼 수는 없었지만, 안경 뒤로 웃고 있는 민국이의 눈이 참 착해 보였다.

　"어, 응."

　대한이도 쑥스러워하며 대답했다.

　"그러고 보니 대한이랑 민국이랑 이름을 더하면 대한민국이네. 너넨 평생 같이 다닐 운명이야. 하하."

같은 반 지훈이의 말에 친구들도 같이 웃었다.

그때부터 민국이와 대한이는 단짝이 되었는데 대한이는 민국이가 좋으면서도 친구들이 이름을 가지고 놀리는 것은 영 못마땅했다.

그래도 낯선 학교에서 친구가 생겼다는 게 훨씬 낫다고 생각했다.

축구를 좋아하는 대한이가 친구들과 축구를 하게 된 것도 민국이 덕분이었다.

멕시코에서는 코로나도 사람들의 축구에 대한 열정을 막지 못했다.

매일 수업이 끝나면 대한이와 동네 아이들은 약속이나 한 듯 어른들 눈을 피해 삼삼오오 마을 공터에 모였다.

모인 친구들끼리 학년과 상관없이 팀을 나눠 축구를 했다.

한국에서는 코로나 때문에 학교에서도 수업 시간에 축구를 거의 하지 못했다.

수업이 끝나면 운동장에 모여 축구를 하기도 했는데 축구를 좋아하는 민국이가 대한이에게 축구를 같이하자고 했다.

그다음부터 수업이 끝나면 대한이는 민국이와 몇몇 친구들과 축구를 하며 시간을 보내곤 했다.

그게 이 학교로 전학을 와서 1년 동안 유일하게 대한이가 즐거웠던 시간이었다.

"야, 김대한 축구 진짜 잘한다!"

민국이가 연신 감탄하며 말하자 대한이는 말없이 씨익 웃었다.

대한이는 수업 시간에 선생님이 질문할 때 말고는 별로 말을 하지 않았다.

친구들이 자기를 쳐다보는 게 아직 쑥스러웠기 때문이었다.

대한이 부모님이 가끔씩 학교생활에 대해 궁금해하며 친한 친구가 있냐고 물으면 자연스레 민국이를 떠올랐다.

민국이는 대한이 부모님이 아는 유일한 한국 친구였다.

민국이가 대한이의 어깨를 툭 치고는 무릎을 잡고 숨을 크게 내쉬며 말했다.

"학교 가는 게 그렇게 좋냐? 걸음이 왜 그렇게 빨라?"

"내가 그렇게 빨리 걸었냐?"

"뒤에서 후드티 뒤집어쓰고 가는 걸 보고 넌 줄 알았지."

대한이는 민국이의 말에 쓴웃음을 지으며 교실로 향했다.

"어이, 대한민국은 안녕하신가?"

"정민아, 우리나라는 아직 힘들어. 코로나 때문에. 하하."

민국이가 정민이의 장난기 가득한 인사를 받아 줬다.

대한이는 친구의 장난도 재치 있게 받는 민국이가 참 부러웠다.

"참, 다음 주에 내년 전교 회장 후보 등록하던데 이 형님이 도전해 보려고 한다. 나 좀 팍팍 밀어주라."

"어?"

정민이의 말에 대한이는 고개를 들어 정민이를 바라봤다.

하얀 얼굴과 오뚝한 코, 진하지 않은 쌍꺼풀 덕분에 쓱~ 봐도 잘생겼다.

까맣게 빛나는 머릿결 때문인지 얼굴이 더 하얗게 보이는 것 같다.

거기에 키가 젓가락처럼 정말 길쭉하게 커서 만화 속에서 금방 튀어나온 주인공 같다.

대한이는 항상 정민이의 하얀 얼굴과 큰 키가 부러웠다.

거기에 공부도 잘한다.

그래서일까?

정민이는 남자애들이나 여자애들 모두에게 인기가 많다.

정민이가 전교 회장이라고 하면 누구라도 믿을 것 같다고 대한이는 생각했다.

"너네는 어차피 회장선거에 안 나올 거잖아. 그러니까 나를 좀 뽑아 달라고."

"우리가 왜 안 나가? 나는 안 나가지만 대한이는 고민 중인데?"

민국이의 말에 정민이는 눈이 동그래져서 대한이를 바라봤다.

대한이도 민국이의 뜬금없는 말을 듣고 당황했지만 금세 표정 관리를 했다.

정민이의 말을 듣고 민국이도 같은 마음일 거라는 생각이 스치듯 지나갔기 때문이다.

대한이는 정민이의 눈을 똑바로 쳐다보면서 최대한 또박또박 말했다.

"음, 나도 아직 고민 중이어서 말이야. 민국이랑 더 얘기해 보고 결정하려고……."

마스크를 써서 다행이었다.

하마터면 거짓말이란 걸 들킬 뻔했다.

정민이는 당황한 듯하더니 이내 여유로운 표정으로 돌아

왔다.

"오~~ 그러면 멋진 대결을 기대하마. 대한아."

대한이는 정민이가 내민 주먹 인사에 자기 주먹을 내밀어 받아 줬다.

정민이가 먼저 교실로 들어간 뒤, 대한이는 민국이를 보며 눈을 흘겼다.

그러자 민국이는 슬그머니 대한이 옆구리를 찌르더니 정민이를 따라 들어가 버렸다.

대한이가 수업이 끝나고 집에 가려고 책가방을 정리하고 있는데, 민국이가 슬그머니 대한이 옆으로 다가왔다.

그리고 잠시 서성였다.

정민이가 교실 문을 나서는 걸 보더니 대한이에게 말을 걸었다.

"아깐 놀랐지? 정민이가 우리를 무시하는 것 같아서 말이야."

"나도 좀 기분 나쁘더라. 근데 민국이 네가 회장 출마를 고민한다고 하지 그랬냐? 나한테 몰아간 건 너무했다."

"나는 회장 그런 건 진짜 관심 없거든. 그래서 나도 모르게 그만."

웃으며 얘기하는 민국이를 보고 대한이도 따라 웃으며 교실을 나섰다.

"근데, 대한아, 너는 회장선거에 나갈 생각 없어?"

"웬 뜬금없는 소리야? 내가 왜?"

"내가 정민이 말고 너를 팍팍 밀어주려고 그러지~ 하하하."

"너 한 명이 밀어준다고 퍽도 당선되겠다. 하하하."

대한이가 웃으며 손사래를 치자 민국이는 자못 진지한 표정으로 대꾸했다.

"왜? 넌 우리 학년에서 축구를 제일 잘하잖아. 남자아이들이 축구 잘한다고 널 얼마나 좋아하는데."

"축구랑 전교 회장이랑 무슨 상관이냐? 전교 회장은 공부도 잘하고 키도 크고, 발표도 잘하고, 피부도…… 어쨌든, 난 안 돼."

대한이는 점점 목소리가 작아졌다.

"그럼, 공부 잘하는 거랑 전교 회장은 관련이 있냐? 근데 전교 회장을 왜 하고 싶어 할까?"

"그러게 말이야. 귀찮은 일도 많은데."

"전교 회장은 학교에서 뭔가 해 보고 싶은 사람이 하는 서야.”

“학교에서 뭔가 해 보고 싶은 사람…….”

대한이는 혼잣말을 하며 되뇌어 봤다. 머리가 복잡해졌다.

“민국이 네가 아침에 그런 말만 안 했어도 이렇게 고민하진
않았을 거 아냐.”

“이게 다 정민이가 우리를 얕잡아 봐서 그런 거지~ 잘 가!”

민국이는 아파트 정문이 다가오자 쌩하고 달려가 버렸다.

대한이도 터벅터벅 집으로 향했다.

“다녀왔습니다.”

“대한이 학교 잘 다녀왔어?”

현관문을 열고 들어선 대한이를 엄마가 맞이해 줬다.

엄마도 가방을 식탁 의자에 걸어 두는 걸 보니 외출하고 금
방 돌아온 것 같았다.

“엄마, 어디 다녀오셨어요?”

“응, 엄마 센터 갔다 왔어.”

일주일에 한 번씩 가는 다문화 가족지원 센터에 다녀온 모
양이었다.

멕시코에서는 친한 아주머니들과 자주 만나 수다를 떨던

엄마는 한국에 온 뒤 심심해했다.

대한이 남매처럼 학교를 가는 것도, 아빠처럼 아는 사람이 많은 것도 아니었으니까 말이다.

엄마가 힘들어하자 아빠가 센터를 먼저 소개해 줬다.

엄마는 이튿날, 바로 센터에 등록했다.

센터에서 하는 여러 가지 프로그램도 수강하기로 했다.

활발한 성격의 엄마는 금방 친구를 사귀었고 금요일마다 센터에 가서 강좌도 듣고 사람들과 실컷 수다도 떨다 집으로 왔다.

"오늘도 엄마 기분 좋아 보이는걸?"

"응. 오늘 엄마 새 친구 사귀었어. 8년 전에 중국에서 왔대. 한국말 잘해. 근데 아들 자랑 많이 해. 공부 잘한다고…….."

"엄마, 나도 잘해. 축구!"

금세 시무룩해진 엄마를 보며 대한이가 말하자 엄마는 대한이를 꼭 끌어안았다.

대한이는 가슴 속에서 뜨거운 기운이 올라오는 것을 느꼈다.

집에 돌아온 대한이는 엄마를 보자마자

갑자기 막혀 있던 게 터진 것처럼 울음이 터져 나왔다.

갑작스런 대한이의 눈물에 눈이 동그래진 엄마가

대한이에게 다가와 안아 주며 말했다.

"대한이 무슨 일이야? 속상한 일 있었구나."

대한이는 엄마의 품에 파묻혀서 마음껏 울었다.

엄마는 더는 묻지 않고 그냥 안아 주고만 있었다.

회장선거에 나가기로 결심하다

"어라, 대한이가 웬일이냐? 날 기다리고 있고 말이야. 주말 동안 무슨 일 있었어?"

아파트 중앙 현관을 나오던 민국이가 대한이를 보더니 놀란 표정으로 물었다.

"그냥, 같이 가려고 그러지~ 대한민국 크로스!"

대한이가 민국이 쪽으로 손을 뻗자 민국이도 손을 뻗어 X자 모양으로 만들었다.

대한이는 누가 볼까 얼른 손을 내리고 바지 주머니에 손을 찔러 넣으며 말했다.

"얼른 가자. 오늘 수업 끝나고 축구 할래?"

"콜!"

학교로 걸어가는 대한이와 민국이 등 뒤로 해가 비추고 있었다.

둘 앞으로 그림자가 길게 드리워졌다.

"딩디링~!"

수업 시간이 끝났음을 알리는 노래가 나오자 아이들은 하나둘씩 필통을 닫고 가방에 집어넣기 시작했다.

선생님은 수업 내용이 남아 있었지만 더 이상 이어 가는 건 무리라고 판단한 듯 말했다.

"수업 끝! 오늘부터 학부모 상담 주간이니까 방과 후에 교실로 오면 안 된다."

"네!"

'오늘부터 학부모 상담이구나.'

대한이는 엄마 대신 아빠가 학교에 온다는 얘기를 들었던 게 생각났다.

아직 한국말이 서툴러서 선생님이 하는 말을 이해하기 어려울 거라며 아빠가 오겠다고 했다.

대한이도 아빠가 오는 게 오히려 마음이 편할 것 같다고 생각했다.

"대한아, 무슨 고민 있어? 무슨 생각을 하길래 멍 때리고 있냐?"

민국이가 대한이의 어깨를 툭 치고서 말했다.

"아무것도 아냐, 축구 하러 가자."

대한이는 가방을 어깨에 메고 앞장서 교실을 나섰다.

운동장에는 가을볕이 쏟아져 후끈거렸다.

바람은 서늘해서 축구하기엔 기가 막힌 날씨였다.

저쪽 골대 앞에서 6학년 형들과 정민이네 무리 친구들이 축구를 하고 있었다.

대한이와 민국이는 계단에 가방을 던지듯 내려놓았다.

대한이가 축구공을 내려놓자마자 민국이는 공을 차며 내달렸다.

대한이는 씩 웃으며 뒤따라갔다.

얼마 후, 반대편 골대에서 형들 무리에서 축구를 하던 정민이가 다가왔다.

"야, 너네 뭐하냐? 왕따같이. 우리랑 축구 한판 뜰래?"

"너네랑 우리랑 섞어서 하면 재미있을 것 같은데, 어때? 콜?"

키도 크고 덩치도 중학생쯤 돼 보이는 형도 말을 보태며 다가왔다.

대한이와 민국이는 순간 겁이 나 뒤로 주춤거렸다.

대한이는 멕시코에서 동네에서 형들이랑 매일 축구를 했던 게 생각났다.

거기선 축구를 한다고 두세 명만 모여도 친구들이 득달같이 달려들었다. 그렇게 매일같이 축구를 하며 실력을 키웠던 대한이는 축구만큼은 자신이 있었다.

민국이를 바라보며 괜찮을 거라는 듯 고개를 끄덕이자 민국이도 조금은 마음이 놓이는 눈치였다.

"멕시코에서 왔다는 애가 너지? 너 축구 잘한다는 소문 들었는데 실력 좀 보자."

키다리 형과 정민이네 무리가 한 팀, 대한이와 민국이는 허약해 보이는 6학년 형들이 있는 팀이 되었다.

"이렇게 하면 우리가 불리하잖아."

"멕시코 대표 있잖아."

대한이 팀의 형들이 불만을 얘기했지만 정민이는 대한이를 놀리듯 가리키며 막무가내로 게임을 시작했다.

대한이는 정민이의 말에 부아가 치밀어 올랐다.

오기가 생겨 열심히 뛰어다니며 운동장을 누볐다.

대한이의 드리블 실력을 본 같은 팀의 형들이 대한이에게 패스를 했고 대한이는 형들을 가볍게 따돌리며 골을 넣었다.

"야, 저 멕시코 놈, 막아."

키다리 형은 화가 나서 같은 팀 형들에게 소리쳤지만, 대한이를 막기엔 역부족이었다.

축구 경기는 대한이네 팀이 5:1로 이겼다.

경기가 끝나고 운동장 스탠드에 앉아 물을 벌컥벌컥 들이켜던 키다리 형이 대한이에게 다가왔다.

대한이는 놀라 몸을 일으켰다.

"야, 멕시코에서 공부는 안 하고 축구만 했냐? 얼굴은 깜댕이처럼 새까매 가지고……."

대한이는 그 말을 듣는 순간 주먹을 꽉 쥐었다.

한 번만 더 말하면 형에게 달려들 기세였다.

주변의 형들이 말리지 않았다면 형도 더 심한 말을 할 것 같았다.

민국이도 더는 안 되겠다 싶었는지 대한이를 막아서며 말했다.

"형, 다음에 다시 한 번 해요. 오늘은 우리가 운이 좋았던 것 같아요."

정민이는 옆에서 가만히 지켜보고 있었다. 그러다가 형들에게 다가가 속삭이며 말을 했다.

정민이의 말에 키다리 형도 마음이 풀렸는지 흙 묻은 바지를 털어 내며 바닥에 침을 퉤 뱉고서 돌아섰다.

민국이는 긴장이 풀렸는지 대한이 옆으로 와서 털썩 주저앉았다.

"대한아, 네가 참아. 자기네가 축구에 지니까 괜히 그러는 거야."

대한이는 화가 풀리지 않아 아직도 주먹을 꽉 쥐고 있었다.

민국이가 대한이의 어깨를 토닥여 줬지만, 키다리 형이 했던 말이 대한이 머릿속에서 팽이처럼 맴돌며 가슴을 찔러 댔다.

그리고 정민이가 형들에게 다가가 속닥거린 것도 자기를 놀린 것 같아 화가 치밀어 올랐다.

대한이는 형들과 헤어지고 돌계단에 앉아 가방을 정리하는 정민이에게 다가갔다.

"너, 형들한테 무슨 말을 한 거야?"

"왜? 내가 형들 화 풀어 줬으면 됐지 뭐."

"무슨 말을 한 거냐고!"

정민이는 대한이가 노려보며 소리를 지르자 마지못해 둘러대며 말했다.

"그냥 멕시코에서는 가난한 애들이 놀 게 없어서 축구만 한다고, 걔네들이랑 맨날 축구 하던 너하고 공부하다 쉬는 시간에 짬 내서 축구하는 우리랑은 다르다고 했다. 왜?"

대한이는 자기와 같이 놀던 멕시코인 친구들을 욕하는 것 같아 화가 났다.

엄마를 욕하는 것 같기도 했다.

"너, 말조심해."

대한이가 금방이라도 덤벼들 듯이 말하자, 정민이는 발뺌을 하며 말했다.

"넌 멕시코인 아니잖아, 한국인 아냐?"

"야, 둘 다 그만해. 대한아, 상대하지 말고 그만 가자."

민국이가 말리지 않았으면 대한이는 정민이에게 달려들 뻔했다.

민국이는 뒤에서 대한이를 끌어안고 교문 쪽으로 데리고 갔다.

대한이는 아직도 분이 안 풀리는 듯 거칠게 숨을 몰아쉬었다.

"저런 놈이랑 상대하면 너만 손해야."

민국이는 대한이를 위로하려 했지만, 대한이는 민국이의 말이 들리지 않았다.

집에 오는 내내 정민이의 말이 머릿속에 맴돌며 바늘처럼 찔러 댔다.

"넌 멕시코인 아니잖아, 한국인 아냐?"

집에 돌아온 대한이는 엄마를 보자마자 갑자기 막혀 있던 게 터진 것처럼 울음이 터져 나왔다.

갑작스런 대한이의 눈물에 눈이 동그래진 엄마가 대한이에게 다가와 안아 주며 말했다.

"대한이 무슨 일이야? 속상한 일 있었구나."

대한이는 엄마의 품에 파묻혀서 마음껏 울었다.

엄마는 더는 묻지 않고 그냥 안아 주고만 있었다.

한참을 울고 나서야 마음이 풀린 대한이는 엄마에게 오늘 학교에서 있었던 일을 털어놓았다. 그러곤 엄마에게 물었다.

"엄마는 어릴 때 얼굴이 까맣다고 친구들이 놀리지 않았어요?"

엄마는 대한이의 말을 듣더니 생각에 잠겨 있다가 말을 꺼냈다.

"엄마도 어릴 때 놀림당한 적 있어. 멕시코 나라 사람들도 피부색에 따라 차별하는 거 많아."

엄마는 말을 계속 이어 갔다.

"엄마도 너처럼 친구들이 놀려서 할아버지와 할머니를 원망하고 많이 울었는데 할머니가 말해 줬어. 너는 아무 잘못 없다고. 피부색은 그 친구들이 더 흴지 몰라도 마음은 네가 더

휠 거라고 말이야. 사람은 피부색으로 판단하는 게 아니라 마음을 보고 판단하는 거야."

대한이는 엄마를 꼭 안은 채로 조용히 듣고 있었다. 그러곤 엄마에게 물었다.

"엄마, 난 멕시코인이야? 한국인이야?"

대한이는 다시 울음이 터질 듯했다. 엄마는 안고 있던 대한이를 잠깐 떼어 내고 어깨를 잡았다. 그러곤 대한이의 눈을 똑바로 쳐다보며 말했다.

"대한아, 넌 멕시코인도 아니고 한국인도 아니고 김대한이야. 엄마와 아빠의 자랑스러운 아들, 김대한!"

그때, 아름이가 현관문을 열고 들어왔다.

"다녀왔습니다. 어? 김대한, 너 울었어?"

아름이 누나가 대한이를 보고 놀란 눈을 하고 물었다.

"어, 형들이 놀렸나 봐."

엄마가 코를 훌쩍이는 대한이 대신 얘기하며 눈물을 닦아 줬다.

"그런 애들하고는 놀지 마. 바보들이니까."

아름이 누나도 그동안 쌓인 게 많았는지 감정이 격해졌다.

대한이는 자기편이 돼 주는 가족이 있다는 생각이 들어 마음이 한결 편해졌다.

문득 민국이가 한 말이 생각났다.

'전교 회장은 학교에서 뭔가 해 보고 싶은 일이 있는 사람이 하는 거야.'

대한이는 학교에서 해 보고 싶은 일이 한 가지 생겼다.

전교 회장선거에 나가야 하는 이유가 생긴 것이다.

그날 저녁, 대한이는 가족들 앞에서 자기의 결정을 얘기하기로 했다.

"아름, 다운, 대한, 밥 먹자."

아빠가 부르는 소리에 아이들은 하나둘씩 부엌으로 나왔다.

대한이는 저녁을 먹기 전부터 가슴이 두근거렸다.

저녁을 먹고 나서 가족들에게 전교 회장선거에 출마하고 싶다는

얘기를 하려고 했기 때문이었다.

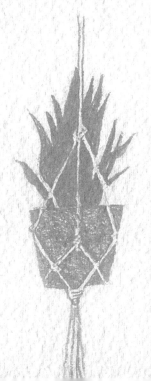

가족회의

오늘은 식당 일이 일찍 끝났는지 아빠도 일찍 들어와 저녁 식사 준비를 도왔다.

한국에 오자마자 아빠는 대한이의 할머니가 운영하는 식당 일을 도우러 다니느라 쉴 틈이 없었다.

코로나로 식당이 어렵다고 했지만 할머니의 식당은 방송에도 몇 번이나 나오고 단골손님도 많은 유명한 식당이었다.

그래서 매일 점심, 저녁 시간은 일손이 부족했다.

대한이 할머니도 아빠가 한국으로 돌아온 걸 반겼다.

날이 갈수록 식당 일이 버거웠는데 그만둘 수는 없어 간신히 버텨 왔기 때문이었다.

아빠는 엄마도 할머니가 운영하는 식당에 와서 요리를 배워 보길 바랐다.

하지만 엄마는 걱정이 많았다.

혹시나 자기 때문에 손님들이 안 올까 봐 걱정이었다.

아빠도 엄마의 마음이 이해가 되었다.

그래서 엄마에게 식당 일을 도와 달라고 얘기하진 않았다.

자기를 따라 한국으로 와 준 것만도 고마워했다.

할머니에게 식당 일을 배워서 그런지 아빠도 요리를 곧잘

했다.

한국에 오고 나서부터 아빠가 집안일을 하는 시간도 늘었다.

엄마도 아빠와 같이 식사를 준비하는 걸 좋아했다.

"아름, 다운, 대한, 밥 먹자."

아빠가 부르는 소리에 아이들은 하나둘씩 부엌으로 나왔다.

대한이는 저녁을 먹기 전부터 가슴이 두근거렸다.

저녁을 먹고 나서 가족들에게 전교 회장선거에 출마하고 싶다는 얘기를 하려고 했기 때문이었다.

'엄마 아빠랑 누나들은 어떻게 생각할까?'

저녁을 먹는 동안 평소와는 다르게 조용한 대한이를 보고 아빠가 말을 걸었다.

"대한이 무슨 일 있냐? 왜 이렇게 조용해?"

"저, 전교 회장선거에 나가고 싶어요."

대한이의 말에 가족들은 모두 순간 얼어 버린 듯 멈췄다.

마치 아빠가 멕시코에서 한국으로 오겠다고 선언했던 그날 같았다.

서로 눈치를 보며 눈만 바쁘게 움직였다.

누군가 무슨 말이라도 해 주길 미루고 있는 것 같았다.

"뭐? 전교 회장선거? 왜?"

먼저 말을 꺼낸 건 역시 가장 씩씩한 아름이었다.

아름이의 물음에 가족들 모두 대답을 기다리는 듯 대한이의 입만 쳐다봤다.

"오늘 어떤 형이 나 보고 멕시코 놈이라고 놀리고, 내 피부색이 까맣다고 무시했어. 너무 속상해서 집에 와서 울었는데 엄마가 내 잘못이 아니라고 그랬어."

"그래서? 어떻게 했어?"

아빠는 지금이라도 뛰쳐나갈 것처럼 얼굴이 붉으락푸르락해져서 물었다.

"내 잘못이 아닌 걸로 나를 무시하고 놀리는 게 난 싫어. 전교 회장이 되어서 나 같은 아이들이 놀림 받지 않도록 할 거야."

"좋아, 생각은 좋은데 그건 선생님들이 하는 일이야. 전교 회장이 하는 게 아니라……."

대한이 말이 끝나자 다운이가 말했다.

의자에서 반쯤 일어섰던 아빠는 다운이의 말을 들으며 다시 자리에 앉았다.

"회장이 그런 일도 할 수 있지 않을까? 선생님이 모든 곳에 있을 수 없잖아. 그리고 아이들은 선생님 말보다 학교 선배의 말을 더 잘 듣기도 해."

이번에는 아름이가 말했다.

"아빠도 아름이 생각에 동의해. 아이들도 충분히 후배들 가르칠 수 있어. 아빠도 어릴 땐 선생님보다 싸움 잘하는 선배가 하는 말을 더 잘 들었지."

흥분했던 아빠도 아름이의 말을 거들었다.

대한이는 아빠의 말이 끝나자 엄마를 봤다.

엄마는 아직까지 한마디도 하지 않고 듣고만 있었기 때문이었다.

무엇보다 대한이는 엄마가 자기의 생각을 응원해 주고 힘을 줄 거라고 굳게 믿고 있었다.

엄마는 대한이를 보더니 조용히 입을 열었다.

"엄마는 대한이가 그거 안 했으면 좋겠어."

전혀 예상하지 못한 대답에 대한이는 순간 어떤 말을 해야 할지 생각나지 않았다.

온몸에 힘이 쑥 빠져나가는 느낌에 의자가 아니었으면 그대로 주저앉을 뻔했다.

"왜?"

아무 말도 못하고 눈이 동그래진 대한이 대신 아빠가 엄마에게 물어봤다.

"대한이가 더 상처 받을까 봐……. 엄마는 대한이가 속상한 거 싫어."

아빠는 엄마의 말을 듣고 나서 말없이 고개를 끄덕였다.

"대한이는 더 상처 안 받고 싶어서 하려는 거잖아요. 한번 믿어 봐요. 난 대한이가 되든, 안 되든 회장선거에 도전해 보면 좋겠어."

아름이가 대한이 편을 들어 주며 말했다.

"그래, 나도 찬성! 대한아, 걱정 마. 누나가 팍팍 밀어줄게."

엄마 눈치를 살피던 다운이도 거들었다.

엄마는 아까보다 표정은 풀렸지만, 걱정스러운 눈빛으로 대한이를 바라봤다.

대한이는 일어서서 의자에 앉아 있는 엄마를 뒤에서 꼭 껴안아 주며 말했다.

"엄마, 걱정하지 마세요. 나 열심히 해볼게요."

엄마는 말없이 대한이의 이마에 뽀뽀를 해 줬다.

가족들은 엄마의 마음을 이해하는 듯 조용히 엄마와 대한이를 지켜보기만 했다.

이튿날 아침, 맑은 하늘에 햇살이 비추는 계단에 앉아 대한이는 민국이를 기다렸다.

"오늘은 뭔 일?"

민국이가 아파트 앞 현관을 나오다 대한이를 보고 씨익 웃으며 말했다.

"친한 친구랑 같이 가고 싶은 거지 뭐~!"

"아닌데~ 중요한 말을 하고 싶은 거 같은데?"

민국이는 대한이의 얼굴을 빤히 쳐다봤다.

눈을 둘 곳을 찾지 못해 고개를 푹 숙인 대한이의 모습이 재미있는지 민국이는 키득키득 웃으며 말했다.

"너 중대한 결심을 한 거 아냐?"

"무슨 중대한 결심?"

"전교 회장선거에 나가려는 거 아니냐고?"

대한이는 대답 대신 웃었다.

"맞지? 너 그럴 줄 알았다. 알았어."

"어떻게 알았어?"

"내가 눈치가 백단이거든. 어제 그 형들이랑 축구하고 나서 집에 갈 때까지 아무 말도 안 하길래. 뭔가 사고 하나 칠 것 같다는 생각을 했지."

민국이의 말에 대한이가 웃으며 대답했다.

"그래, 어제 저녁에 가족회의까지 했다니까."

"가족회의까지? 너희 가족 멋지다."

민국이가 놀라서 눈이 동그래졌다.

대한이는 가족 칭찬에 괜히 뿌듯한 마음이 들었다.

"그럼, 이제 슬슬 대한이 전교 회장 만들기 작전을 준비해야겠군."

민국이가 뭔가 작심한 듯 말했다.

실눈을 뜨고 엄지로 턱을 긁으며 말하는 민국이의 표정이 재미있었다.

대한이가 웃고 있자 민국이의 표정이 금세 바뀌며 말했다.

"어허, 날 못 믿네. 너 전교 회장 안 되고 싶어?"

"되고 싶지."

"그럼 전적으로 절 믿으셔야 합니다."

"네~~에, 알겠습니다. 그럼 뭘 먼저 하면 좋을까?"

"우선 공약을 정해야겠지?"

"그래, 공약……. 내가 회장이 되어서 무엇을 하고 싶은지를 정하면 되는 거 아냐?"

"응. 이제 본격적으로 나랑 같이 작전을 세워 보자."

"그래, 잘 부탁한다."

교문을 들어서는 두 친구 등 뒤에서 햇살이 비추고 있었다.

"갑자기 궁금해졌어. 네가 날 도와준 이유가 말이야."

대한이의 말을 듣고 민국이는 잠시 고민하는 듯하더니 말했다.

"어쩌면 처음엔 나도 친구들과 비슷한 마음이었는지도 모르겠어.

근데 있잖아. 너를 조금씩 알아가면서부터

너를 도와줘야 하는 친구가 아닌 내 친구로 생각하기 시작했어.

지금 그 친구들이 너를 아직 몰라서 그래.

대한이 네가 얼마나 괜찮은 놈인지.

그 친구들에게 너에 대해서 조금씩 알려 주면 되지 않겠냐?"

7장

추천서가 필요해!

"어이, 김대한, 전교 회장 출마할 마음의 결정은 하셨나?"

대한이와 민국이가 교실로 들어서자 기다렸다는 듯이 정민이가 말했다.

대한이는 다른 아이들이 다 들으라는 듯 크게 얘기하는 게 내심 마음에 들지 않았지만 별수 없었다.

반 친구들이 정민이의 말을 듣고 웅성대기 시작했다.

"대한이가 전교 회장선거에 나온다고?"

"에이, 설마. 한국에 들어온 지도 얼마 안 된 걸로 아는데?"

"다시 멕시코로 돌아가는 거 아니었어?"

작은 소리로 얘기하는 듯했지만, 대한이는 다 들을 수 있었다.

정민이를 보니 아이들의 반응이 당연하다는 듯한 표정이었다.

정민이는 대한이를 보고 씽긋 웃고는 자리로 돌아갔다.

대한이는 그런 정민이가 얄미워 한 번 째려보고 자리에 털썩 앉았다.

가만히 앉아서 생각해 보니 정민이의 말에 아무런 대꾸조차 하지 못하고 그냥 당하고만 있는 자신이 바보같이 느껴졌다.

그때였다.

담임 선생님이 교실로 들어오니 어수선했던 교실이 조용해졌다.

"애들아, 이번 주까지 전교 회장 후보 신청 받는 거 알지? 신청할 사람은 선생님한테 서류 받아서 작성해서 제출하도록. 추천인 다섯 명의 서명을 꼭 받아 와야 해."

"네."

"민국이 이번에 전교 회장에 출마하려고?"

선생님의 말에 민국이가 큰 소리로 대답을 하자 선생님은 갑자기 민국이를 보며 물었다.

"아니요, 제가 아니라 대한이가 나갈 겁니다."

"뭐? 대한이가?"

순간 대한이는 선생님의 물음 속에서 자신이 전교 회장선거에 나가지 않을 것이라 생각하는 사람이 많다는 것을 느꼈다.

정민이가 출마하는 것은 당연하고 자신은 의외라고 생각하는 것에 오기가 생겼다.

"네, 제가 나가려고 합니다."

대한이는 선생님을 똑바로 보며 말했다.

대한이는 우물쭈물하며 주눅 들어 보이고 싶진 않았다.

선생님은 놀랐는지 대한이를 힐끔 봤다가 이내 목소리를 가다듬고는 다시 말했다.

"대한이가 출마한다는 거지? 멋진 도전이 되겠는걸. 지금까지 우리 반에서는 정민이와 대한이가 출마를 하는 게 확정된 모양이구나. 서로 선의의 경쟁을 하면 좋겠다. 어쨌든 추천해 줄 사람에게 서명 받아 오는 거 잊지 말고."

"네!"

대한이와 정민이는 동시에 대답했다.

두 아이의 목소리에서 이기고 싶은 강한 의지가 느껴졌다.

1교시가 끝나고 쉬는 시간이 되자 민국이가 대한이 어깨를 툭 치면서 말했다.

"대한아, 아까 눈빛 좋았어."

"괜찮았냐?"

"응, 진심. 그렇게 당당해야 친구들이 뽑아 주질 않겠냐?"

"그래, 나 같아도 자신감 없어 보이는 친구는 안 뽑아 줄 것 같아."

"그 자세 좋아~ 크크. 이제 추천인 다섯 명 서명만 받으면 본격적으로 시작이네."

민국이의 말에 대한이 표정이 어두워졌다.

처음 전학 왔을 때보다는 많이 가까워졌지만, 아직도 민국이처럼 친한 친구는 별로 없기 때문이었다.

"걱정 마. 우리랑 축구 했던 친구들이 있잖아."

"그래, 좋은 생각인데? 그 친구들이랑 우리 반 친구들한테 부탁해 보지 뭐."

"그럼, 우선 우리 반 친구들한테 서명해 달라고 하자."

민국이가 주변을 두리번거리더니 대한이에게 말했다.

"민기에게 부탁해 볼까? 원래 학교에서 아무 말도 안 하던 친군데 가끔 우리랑 공기놀이도 같이하면서 친해졌잖아."

"그래, 민기는 추천서에 서명 잘해 줄 것 같아. 이따가 민기한테 가 볼게."

2교시가 끝나고 대한이는 민기에게 다가갔다.

검은색 뿔테 안경을 낀 민기는 멍하니 친구들이 공기놀이하는 걸 보고 있었다.

"민기야, 뭐해?"

대한이가 민기를 불렀다. 민기는 깜짝 놀라며 뒤돌아봤다.

"어, 대한아 무슨 일이야?"

"민기야, 나 전교 회장선거에 나가려고 하는데 추천서에 서명해 줄 수 있어?"

"어, 물론이지. 언제든지 도움이 필요하면 얘기해. 도와줄게."

민기는 대한이가 내민 추천서에 서명을 하며 말했다.

"고마워. 도움이 필요하면 얘기할게."

대한이가 웃으며 말했다.

자리로 돌아오니 민국이가 엄지를 올리며 귓속말을 했다.

"오~ 대한이 용기 있는데? 추천인 금방 채우겠다. 그리고 추천해 준 사람한테 선거 운동 좀 도와달라고 해도 좋겠어."

"나도 그 생각 했어. 우리 집에 초대해서 공약도 만들어 보자."

"덕분에 나도 너네 집에 처음으로 가 보는구나. 지금까지 한 번도 초대 안 하더니 회장선거 때문에 초대하는 건 너무 속 보이는 거 아냐?"

"고마우니까 그런 거지. 삐졌냐?"

"아냐 아냐, 수업 끝나고 빨리 추천 받으러 가자."

"그래."

수업이 끝나고 대한이는 민국이와 축구를 같이했던 친구들을 만나러 운동장으로 나갔다.

운동장에는 벌써 친구들이 나와서 공을 차고 있었다.

"대한, 민국, 짝짝짝 짝짝."

친구들은 대한이와 민국이를 보자마자 장난스레 말하며 반겼다.

"얘들아, 이거 좀 써 주라."

대한이가 친구들에게 추천서를 내밀며 말했다.

"어, 대한이 전교 회장 출마하냐?"

"응, 한번 도전해 보려고."

"오~ 다문화 회장 멋지겠다. 엄마가 외국인이라 도와줄 수도 없을 텐데 우리가 도와줄게."

"어? 어, 여기에 서명해 주면 돼."

대한이는 기우의 말에 순간 당황하고 머리가 쭈뼛했다.

하지만 기우에게 뭐라고 화를 낼 수도 없었다.

대한이는 바람 빠진 풍선처럼 힘이 쭉 빠져나갔다.

서명을 한 추천서를 받아 가방에 넣었다.

같이 축구 하자는 친구들의 말을 뒤로하고는 집으로 향했다.

민국이도 대한이 뒤를 따라 걸었다.

집으로 향하는 길에 아무 말도 없이 걷던 대한이가 민국이네 아파트 중앙 현관 계단에 털썩 앉았다.

민국이도 대한이 옆에 앉아 곁눈질로 대한이의 눈치를 살폈다.

한숨을 길게 내쉬던 대한이가 입을 뗐다.

"넌 왜 나 도와주는 거냐?"

"무슨 말이야?"

"너도 내가 불쌍해서 도와주는 거냐고…….."

"불쌍하긴. 친한 친구가 전교 회장에 도전해 본다고 하니까 돕는 거지. 내가 불쌍해서 도와주는 것 같아?"

"아니. 네가 도와줄 때랑 친구들이 도와준다고 할 때랑 달라서. 다른 친구들은 내가 외국에서 와서 당연히 도움이 필요할 거라고 생각하는 것 같아. 꼭 '얘는 불쌍하니까 도와줘야 해.' 하고 생각하는 것처럼 말이야. 친구들한테 추천서를 받으면서 그런 느낌이 들었어."

"그래서 오늘 별로 기분이 안 좋아 보였구나."

"응. 그래서 갑자기 궁금해졌어. 네가 날 도와준 이유가 말이야."

대한이의 말을 듣고 민국이는 잠시 고민하는 듯하더니 말했다.

"어쩌면 처음엔 나도 친구들과 비슷한 마음이었는지도 모르겠어. 근데 있잖아. 너를 조금씩 알아 가면서부터 너를 도와줘야 하는 친구가 아닌 내 친구로 생각하기 시작했어. 지금 그 친구들이 너를 아직 몰라서 그래. 대한이 네가 얼마나 괜찮은 놈인지. 그 친구들에게 너에 대해서 조금씩 알려 주면 되지 않겠냐?"

대한이는 민국이의 말을 듣고 아무 말 없이 고개를 끄덕였다.

민국이는 대한이 어깨를 툭 치고 일어났다.

"대한아, 너무 신경 쓰지 마. 그 친구들도 이제 너에 대해서 더 많이 알게 될 테니까 말이야. 나 먼저 들어간다."

"그래, 내일 보자."

대한이도 한숨을 섞어 말하고 일어섰다.

집으로 돌아오는 길에 대한이는 민국이의 말을 곱씹으며 생각했다.

'나를 잘 모르는 친구들은 도와줘야 하는 친구로 생각할 수 있어. 겉모습으로만 판단하니까. 하지만 나에 대해서 알게 되면 진정한 친구가 될 수도 있는 거야. 미리 겁먹지 말고 부딪

혀 보는 거야.'

"다녀왔습니다."

"대한이 왔니?"

힘 있게 인사하는 대한이를 보고 소파에 앉아 있던 엄마가 다가와 안아 주며 말했다.

엄마의 품이 참 따뜻했다.

"회장선거 준비는 잘돼 가? 엄마가 도와줄 건 없니?"

"엄마, 같이 선거 운동하는 친구들을 집에 초대하고 싶어 요."

대한이는 친구들을 집으로 초대한다고 하면 엄마가 부담스 러워할 것 같았다.

그래서 머뭇거리며 말을 꺼냈다.

"엄마는 좋아. 친구들 오면 엄마가 맛있는 거 해 줄까?"

"네, 좋아요."

대한이는 엄마의 대답에 마음이 편해졌다.

엄마가 대한이를 꼭 안아 줬다.

"사실은 말이야.

나도 대한이 집에 오기 전엔 좀 가난할 거라고 생각했어.

그런 거 있잖아.

다문화 친구들은 가난하고 말도 잘 안 통해서 도와줘야 할 것 같은…….

학교에서도 다문화 교육 수업에서

배려해야 한다는 말을 제일 많이 들었거든.

그래서 그 친구들은 무조건 도와줘야 하는 줄 알았어."

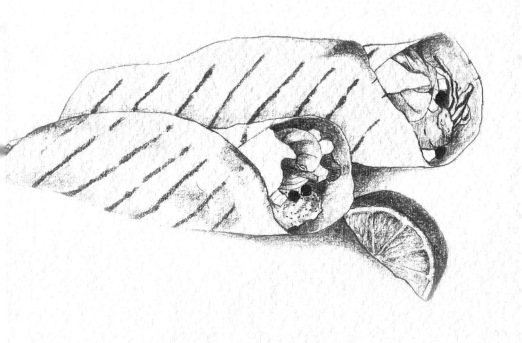

8장

파히타를 먹는 친구들

"김대한, 웬일이냐? 네가 후드 모자를 안 쓰고 나타나다니……."

민국이가 대한이를 보더니 놀리듯 말했다.

"이미지 변화를 좀 줬지. 본격적인 선거 준비를 위해서 말이야."

"오~ 그래. 이미지 변신 좋아."

민국이는 대한이 위아래를 훑어보며 씨익 웃었다.

"오늘 우리 집에 올래? 같이 게임하자."

"좋아, 오늘 뭐 할까 생각했는데 잘됐다. 또 누구 데리고 가려고?"

"음, 민기랑 기우 어때? 추천서 써 준 친구들이라 초대하면 좋을 것 같아."

"좋아, 좋아. 대한민국과 어벤져스 탄생이다."

대한이와 민국이는 같은 반 친구인 민기에게 향했다.

민기는 친구들과 공기놀이를 하는 중이었다.

공기놀이가 끝나길 기다린 대한이는 자리로 가던 민기에게 말을 걸었다.

"민기야, 오늘 시간 돼?"

"어, 괜찮아. 왜?"

"지난번에 추천서도 써 줬잖아. 오늘 우리 집에서 친구들이랑 선거 준비하려고. 같이 갈래?"

"아, 그런 거라면 당연히 도와줄 수 있지."

민기는 빙긋 웃으며 자리에 앉았다.

기우도 대한이의 초대를 흔쾌히 수락해 수업을 마치고 네 명이 대한이 집으로 향했다.

"엄마, 다녀왔습니다. 친구들도 같이 왔어요."

"안녕하세요."

친구들은 약속이라도 한 듯이 한목소리로 인사하며 집으로 들어왔다.

"대한이 친구들이구나. 안녕."

대한이 엄마가 인사하며 다가와서 친구들을 안으며 볼 인사를 하려고 하자 대한이가 깜짝 놀라 막아섰다.

"엄마, 얘들은 멕시코처럼 인사 안 해."

"앗, 엄마 실수할 뻔했다. 미안해."

대한이 엄마는 웃으며 주방으로 돌아갔다.

대한이는 친구들을 보고 어깨를 으쓱하곤 자기 방으로 안

내했다.

"여기가 내 방이야, 여기서 놀자."

친구들은 대한이 방으로 들어오면서 조금 놀라는 눈치였다.

"우와 대한이 방도 있구나. 방도 깨끗하네."

"너희들 초대하려고 어제 정리 좀 했지."

"야, 너희 어머님은 한국말 못할 줄 알았는데 한국말 잘하신다."

"멕시코에 있을 때 집에서는 한국말 썼어."

"엄마는 생각보다 별로 안 검은데 대한이 넌 왜 그렇게 까매?"

"우리 아빠가 피부가 원래 까만 편이어서. 아빠를 닮았나봐."

기우의 말에 대한이가 머리를 긁적거리며 말했다.

친구들의 말에 대한이는 기분이 썩 좋지는 않았다.

눈치가 빠른 민기가 화제를 돌렸다.

"대한이는 공약 생각해 본 거 있어?"

"음, 회장이 되면 가장 먼저 하고 싶은 일이 뭐냐면 우리 학교를 차별이 없는 학교로 만들고 싶어."

"차별이 없는 학교?"

"응, 내가 멕시코에서 자라서 축구를 잘하는 게 아니라 내가 노력해서 축구를 잘하는 건데 오해하는 친구들이 있었어. 피부색이 까맣다고 쳐다보고 피해 가는 친구들도 있었고. 그런 일을 겪다 보니까 친구들이 평소에 차별인 줄 모르고 말하는 것들이 보이더라고. 그래서……."

대한이가 말하는 중에 '똑똑' 하고 노크 소리가 나더니 대한이 엄마가 들어왔다.

"애들아, 파히타 먹어 볼래?"

"우와, 맛있겠다. 냄새 엄청 좋은데? 잘 먹겠습니다."

민기가 코를 킁킁거리며 침을 꿀꺽 삼켰다.

"그래, 맛있게 먹어. 더 있으니까 더 먹고 싶으면 얘기해."

"네."

기우와 민국이, 민기는 누가 먼저랄 것도 없이 손으로 집어 입에 욱여넣으며 연신 감탄을 했다.

"야, 천천히 먹어. 엄마한테 더 달라고 할게."

대한이는 친구들이 엄마가 해 준 파히타를 잘 먹는 모습에 기분이 좋아져서 금방 비워진 접시를 들고 부엌으로 향했다.

"엄마, 친구들이 엄마가 해 준 파히타 정말 맛있대요. 더 주세요."

"오, 다행이다. 안 먹는다고 하면 어쩌나 걱정했거든."

"안 먹으면 내가 다 먹으면 되지 뭐."

대한이가 엄마가 접시에 덜어 준 파히타 한 조각을 입으로 가져가며 말했다.

그때, 현관문이 열리며 아빠와 누나들이 들어왔다.

"신발이 왜 이렇게 많아? 대한이 친구 초대했니?"

"웬일이냐? 전교 회장선거 나간다더니 선거 운동 시작한 거냐?"

아빠의 말에 아름이가 놀리듯 얘기하자 엄마가 눈을 흘겼다.

아름이는 그런 엄마의 반응이 재미있었다.

"안녕하세요."

인기척을 들었는지 대한이 친구들이 나와서 인사를 했다.

입안 가득 파히타를 물고 있는 모습이 재미있는지 다운이가 '풉' 하고 웃었다.

아빠도 웃으며 인사를 받아 줬다.

그리고 엄마와 볼 인사를 하고 곧장 부엌에서 설거지를 했다.

아름이와 다운이도 엄마와 볼 인사를 하고 식탁에 앉아 엄마와 수다를 떨었다.

친구들은 그런 대한이 가족의 행동을 신기한 듯 바라봤다.

"야, 뭘 그렇게 보냐? 들어가자."

대한이는 괜히 부끄러워져서 접시를 가지고 친구들을 방으로 밀어 넣으며 들어갔다.

친구들은 떠밀려 가듯이 방으로 들어갔다.

"대한아, 너네 가족 좀 멋진 것 같아."

"뜬금없이 무슨 소리야?"

민국이의 말에 대한이가 눈이 동그래져서 대꾸했다.

"우리 가족은 집에 와도 서로 관심 없거든. 너희 가족처럼 볼을 부비며 인사하는 건 둘째 치고 서로 핸드폰 하느라 대화도 없어. 솔직히 조금 부럽다야."

"우리 가족도 그래. 아빠는 바빠서 맨날 늦게 들어오지. 일찍 와도 소파에 누워 텔레비전 아니면 핸드폰만 하거든. 엄마도 맨날 핸드폰만 들여다보고 있는 건 마찬가지고. 난 형이나 동생도 없어서 얘기할 사람이 엄마랑 아빠밖에 없잖아. 이젠 좀 나아졌지만 말이야."

민국이의 말에 민기가 맞장구를 치며 말했다.

"그래, 민기 너는 학교에서도 거의 말도 안 하고 학원 숙제만 했었지. 근데 언제부터인가 현우랑도 놀고 공기놀이도 하고 딴사람이 된 것처럼 변해서 나도 좀 놀랐어."

대한이의 말에 민기는 알 수 없는 미소만 지었다.

"사실은 말이야. 나도 대한이 집에 오기 전엔 좀 가난할 거라고 생각했어. 그런 거 있잖아. 다문화 친구들은 가난하고 말도 잘 안 통해서 도와줘야 할 것 같은……. 학교에서도 다문화 교육 수업에서 배려해야 한다는 말을 제일 많이 들었거든. 그래서 그 친구들은 무조건 도와줘야 하는 줄 알았어. 또 다 가난한 줄만 알았고……. 근데 대한이네 집에 와서 보니 내 생각이랑 너무 다르지 뭐야."

기우도 친구들의 말을 거들었다.

"자, 파히타 다 식겠다. 더 먹어."

대한이는 파히타가 든 접시를 친구들 쪽으로 밀어 줬다.

속으로 친구들을 초대하길 잘했다고 생각하면서.

"헛소문을 믿는 사람들은 그게 진짜든 가짜든 관심이 없어.
그런 사람들은 다른 사람의 약점을 그저 이야깃거리로 삼고
자기네들끼리 떠들고 싶을 뿐이야.
뒷담화하는 사람들은 대부분 그렇더라고."

9장

견제가 시작됐다

언제나처럼 대한이는 민국이와 교실로 가고 있었다.

4층으로 가는 복도에는 선거 홍보 포스터가 붙어 있었다.

주말 동안 누나들과 함께 밤늦도록 고생해서 만든 포스터였다.

'이제 일주일밖에 안 남았구나.'

포스터가 복도에 걸린 것을 보니 옅은 한숨이 새어 나왔다.

"대한이 떨리냐? 이제 실감이 나?"

"아니, 나 전혀 안 떨려. 나 지금 웃고 있는 거 안 보이냐? 히~!"

"야, 억지로 웃는 거 엄청 어색하다. 어, 저기 너 포스터 앞에 친구들이 모여 있어. 역시 인기가 많단 말이야."

민국이가 대한이 포스터 앞에 모여 있는 친구들을 가리키며 흥분한 듯 말했다.

"야, 너 또 오바한다. 이럴 땐 그냥 조용히 지나가는 거야."

대한이는 빠른 걸음으로 그 아이들을 지나쳐 교실로 가려고 했다.

그런데 대한이 귀에 그 친구들의 대화가 자그맣게 꽂혀 박혔다.

"얘가 멕시코에서 왔다는 깜둥이 아냐? 난 피부 까만 애들은 더러워 보여서 싫더라."

"나도 그래. 뽀샵 좀 한 거 올리지. 멕시코 애들은 그런 거 못 하나 봐."

"얘 엄마, 한국에 오자마자 못 살겠다고 멕시코로 돌아갔다던데?"

"어머머머! 어떻게 알았어?"

"나도 친구한테 들은 거야. 지난번에 학부모 상담할 때 잠깐 교실에 왔다가 대한이 아빠가 선생님이랑 상담하는 거 들었대."

아이들이 하는 얘기를 듣고 대한이는 걸음을 멈췄다.

그리고 그 친구들에게 달려가서 소리쳤다.

"대체 누가 그런 말을 한 거야? 어?"

"어? 왜 이래?"

아이들은 대한이가 갑자기 달려와 몰아세우는 바람에 놀라서 벽 쪽으로 물러섰다.

그 모습을 보고 민국이가 쫓아와 아이들을 다그치던 대한이를 뒤에서 잡으며 말렸다.

대한이는 말리는 민국이 손을 뿌리치고 더 크게 소리쳤다.

"누가 그런 말 했냐니까? 그리고 내 피부색으로 놀리는 거, 그거 차별이잖아. 학교에서 배웠잖아!"

대한이는 분이 안 풀렸는지 손을 부들부들 떨고 있었다.

대한이를 말리던 민국이가 대한이를 막아서며 말했다.

"야, 너희들 너무한 거 아냐? 내가 그저께 대한이 집에 초대받아서 갔다 왔는데 대한이 엄마가 음식도 해 줬어. 그 소문 거짓말이야."

"알겠어. 알겠다고."

아이들은 슬금슬금 옆으로 물러나더니 교실로 뛰어가 버렸다.

"도대체 그런 말도 안 되는 소문을 낸 사람이 누굴까? 진짜 비겁하다."

민국이는 주변에 있던 친구들이 들도록 큰 소리로 말하며 대한이의 표정을 살폈다.

대한이는 아직도 분이 안 풀린 듯 씩씩거리고 있었다.

"야, 일단 교실로 가자. 이따가 쉬는 시간에 어떻게 하면 좋을지 얘기해 보자."

민국이가 대한이의 손을 억지로 잡아끌었다.

"대한이 요즘 선거 운동 열심히 한다고 소문났던데? 친구들도 집으로 초대하고 말이야. 나도 좀 초대해 주지 그랬냐?"

교실에 들어서자마자 정민이가 비꼬듯 말했다.

대한이는 대꾸하려다가 참았다.

정민이를 상대할 여유가 없었다.

'그런 헛소문을 퍼트린 자식이 누굴까?'

수업 시간 내내 이 생각이 머릿속을 떠나지 않았다.

우선 말도 안 되는 소문을 퍼트린 사람을 찾아야 했다.

대한이는 헛소문을 퍼트린 친구를 찾아서 그 친구한테 꼭 사과를 받을 거라고 다짐했다.

"수업 시간에 너 딴생각했지?"

쉬는 시간에도 멍하니 앉아 있던 대한이가 깜짝 놀라 위를 올려다봤다.

민기였다.

"어, 나 그 자식 꼭 찾아야겠어. 찾아서 왜 그랬냐고 물어보고 싶어. 그리고 꼭 사과 받을 거야. 친구들한테 헛소문이었다고 알려 줘야 해."

대한이는 단단히 화가 나 있었다.

"그래, 꼭 사과 받아야지. 그런데 친구들한테 헛소문이었다고 얘기하면 그다음엔?"

"그게 무슨 말이야? 그럼 친구들도 오해를 풀고 사실을 알게 되겠지."

대한이는 당연한 걸 묻는다는 듯이 민기를 바라봤다.

"헛소문을 믿는 사람들은 그게 진짜든 가짜든 관심이 없어. 그런 사람들은 다른 사람의 약점을 그저 이야깃거리로 삼고 자기네들끼리 떠들고 싶을 뿐이야. 뒷담화하는 사람들은 대부분 그렇더라고."

대한이는 민기의 말을 고개를 끄덕이며 들었다.

민기는 이어 말했다.

"헛소문을 퍼트린 사람이 나쁜 놈이지. 그런데 친구의 말만 듣고 사실로 믿어 버리고 그걸 아무 생각 없이 다른 친구들에게 얘기하는 게 더 나쁘다고 생각해. 그렇지 않냐?"

"듣고 보니 네 말이 맞는 것 같아. 민기 네 얘기를 들으니 도움이 된다. 넌 어쩜 그렇게 사람 마음을 잘 아냐?"

"음, 이 안경에 비밀이 있지~!"

"어? 그 안경에 사람 마음을 보는 능력이라도 있는 거야? 그럼 나도 좀 빌려주라. 차별하는 친구들 마음 좀 들여다보게."

"흐흐, 필요하면 얘기해. 빌려줄게~!"

대한이는 민기와 이야기하며 기분이 조금 나아졌다.

하지만 이내 다시 생각이 복잡해졌다.

'헛소문을 퍼트린 사람이 누구일까?'

'왜 그런 소문을 퍼트렸을까?'

'피부색으로 사람을 판단하는 사람들은 어떤 마음일까?'

생각이 꼬리를 물고 이어지다 번뜩 아까 홍보 포스터 앞에서 한 친구가 한 말이 머리를 스치고 지나갔다.

"지난번에 학부모 상담할 때 잠깐 교실에 왔다가 대한이 아빠가 선생님이랑 상담하는 거 들었대."

"야, 김대한, 무슨 생각을 그렇게 하냐? 내가 부르는 소리도 못 듣고 말이야."

민국이가 대한이 옆으로 와 어깨를 주무르며 말했다.

"그 애는 아빠가 상담할 때 교실에 들어왔을까? 선생님이랑 상담하는 남자가 우리 아빠라는 건 어떻게 알았지?"

민국이는 잠깐 멈칫하더니 이내 눈치를 챈 듯 대답했다.

"그 애? 아~ 그 루머 메이커! 아무래도 너희 아빠 앞이나 뒤에 상담 순서인 사람이 아닐까? 상담 끝나고 나온 엄마한테 물어봤겠지."

"뭐라고?"

"아빠 뒤나 앞에 누구 순서였냐고 말이야. 보통 선생님들이 학부모 상담 일정을 부모님들께 보내 주잖아."

"그래?"

"어, 맞다니까! 엄마가 얘기하는 거 들었어. 엄마 뒤 순서에 엄마랑 가장 친한 엄마가 있어서 상담 끝나고 카페에 가기로 했다고 말이야."

"오케이, 꼬리가 보이는구나. 요 나쁜 녀석."

민국이의 말을 듣고 대한이는 핑거스냅을 치며 말했다.

가시눈을 뜨고 이리저리 살피는 대한이를 보고 민국이는 빙긋이 웃었다.

"……."

대한이는 머릿속에서 수만 개의 종이 울린 것처럼 멍했다.

'정민이가 어떻게 그럴 수 있지?'

"대한아, 무슨 일인데 그래? 정민이랑 무슨 일 있었어?"

"아, 아니에요. 그냥 좀 신기해서요."

"그렇지? 엄마도 오늘 얘기하면서 너무 신기했다니까."

걱정스레 대한이를 바라보던 엄마는 그제야 마음이 놓이는 듯
안방으로 들어갔다.

10장

어떻게 그럴 수 있지?

"엄마, 저 왔어요."

현관문을 열자마자 대한이는 엄마를 찾았다.

아무 소리도 들리지 않았다. 거실 가운데 있는 동그란 벽시계 소리만 째깍째깍 들렸다.

'아직 센터에 계신가?'

이렇게 생각하고 있는데 '삐삐빅삐빅, 띠리릭' 하고 현관문 도어락 소리가 들리더니 엄마가 들어왔다.

"대한이 일찍 왔네."

엄마는 오자마자 대한이와 볼을 부비며 인사를 했다.

밖이 서늘해져서 그런지 엄마의 볼이 차가웠다.

볼을 부비자 금방 따뜻해지고 부드러운 느낌이 들었다.

대한이는 엄마와 볼 인사를 하면 언제든 기분이 좋아졌다.

"대한이, 요즘 회장선거 운동, 잘돼 가?"

엄마의 물음에 대한이는 별안간 엄마에게 물어보고 싶은 게 생각났다.

"엄마, 저번에 학부모 상담할 때 아빠가 학교에 가셨잖아요. 선생님이 학부모 상담 스케줄표 엄마한테 보내 줬죠? 그거 저 좀 보여 주세요."

"왜?"

엄마는 핸드폰을 꺼내서 뒤적거리면서 물었다.

"아뇨, 그냥요. 아빠가 상담하신 다음이 누구인가 해서요."

"잠깐 기다려 봐."

"어, 여기 있다! 대한이 다음엔 정민이네."

엄마가 핸드폰을 돌려 대한이에게 보여 주었다.

"뭐? 정민이라고요?"

"어, 엄마도 정민이 알아. 지난번에 말했었지? 8년 전에 중국에서 한국으로 왔다는……. 그 친구의 아들이 정민이라고 하던데? 오늘 오랜만에 센터에 나왔더라. 그래서 수다 떠느라 좀 늦었어."

대한이는 놀라서 눈이 휘둥그레졌다.

"놀랐지? 엄마도 놀랐어. 오늘 오랜만에 만나서 얘기하다 보니 대한이 너와 같은 반이던데? 정민이도 이번에 전교 회장선거에 나간다면서?"

"……."

대한이는 머릿속에서 수만 개의 종이 울린 것처럼 멍했다.

'정민이가 어떻게 그럴 수 있지?'

"대한아, 무슨 일인데 그래? 정민이랑 무슨 일 있었어?"

"아, 아니에요. 그냥 좀 신기해서요."

"그렇지? 엄마도 오늘 얘기하면서 너무 신기했다니까."

걱정스레 대한이를 바라보던 엄마는 그제야 마음이 놓이는 듯 안방으로 들어갔다.

대한이는 생각이 복잡해졌는지 평소 습관처럼 엄지손톱을 물어뜯고 있었다.

그러다 무슨 생각이 들었는지 현관으로 가 신발을 신으며 말했다.

"엄마, 밖에 나갔다 올게요."

"갑자기 어디 가는데?"

대한이의 말에 안방에서 엄마가 급하게 나왔지만 닫히는 현관문 사이로 대한이 목소리만 들려왔다.

"잠깐이면 돼요."

밖으로 나온 대한이는 곧장 민국이네 집으로 갔다.

이 사실을 누군가에게 말하지 않으면 답답해서 가슴이 터질 것 같은데 가장 믿음이 가는 친구는 민국이밖에 떠오르지 않았다.

"너 갑자기 웬일이냐?"

민국이네 현관 앞에서 벨을 누르고 있으니 민국이가 현관문을 열고 빼꼼히 얼굴을 내밀고 말했다.

"야, 긴급회의야. 빨리 나와 봐."

"알았어, 잠깐만 있어 봐."

문을 닫고 들어갔던 민국이는 점퍼를 입고 슬리퍼를 끌며 다시 나왔다.

둘은 1층으로 내려와 대한이가 민국이를 기다리며 앉아 있던 계단에 털썩 앉았다.

"무슨 일이길래 우리 집에까지 찾아왔냐?"

"야, 대박 사건이야. 정민이, 정민이가."

"정민이가 뭐? 정민이가 또 너한테 뭐래?"

"정민이네 엄마가 중국인이었어."

"뭐?"

민국이는 대한이의 말에 놀라서 눈이 동그래져 되물었다.

"정민이도 나처럼 엄마가 외국인이라고."

"우와, 이거 진짜 대박 사건이다. 야, 잠깐만. 완전 반전 드라마 아냐? 그럼 정민이 엄마도 외국인이면서 너한테 그런 식으로 대하고 헛소문까지 퍼트렸단 말이야?"

"응, 나도 진짜 놀랐어."

"근데 그거 어떻게 알았어?"

이제야 흥분을 조금 가라앉히고 민국이가 물었다.

대한이는 엄마와의 이야기를 민국이에게 들려줬다.

상황을 이해한 민국이는 고개를 끄덕이며 대한이에게 물었다.

"그럼, 넌 정민이를 어떻게 할 거야?"

"내가 왜 왔겠냐? 그걸 너랑 의논하러 왔지."

둘은 눈을 껌벅껌벅하며 서로를 빤히 바라봤다.

아무 말도 하지 않고 잠깐 시간이 흘렀다.

민국이가 먼저 말을 꺼냈다.

"정민이도 걔네 엄마한테 얘기를 들었을 거야."

"그렇겠지?"

"엄청 당황했을 거고. 그치?"

"응"

대한이는 연신 고개를 끄덕였다.

"내일 정민이를 만나서 당장 사과하지 않으면 친구들한테 다 말해 버리겠다고 얘기하는 건 어때?"

"그건 좀 너무한 것 같아."

"왜? 정민이 그 자식이 너한테 한 건 너무한 거 아냐?"

민국이 목소리가 다시 커졌다.

오히려 차분한 건 대한이었다.

"갑자기 든 생각인데, 난 그냥 정민이에게 이유를 묻고 싶어."

"무슨 이유? 헛소문을 내고 널 놀린 이유?"

대한이는 고개를 저으며 말했다.

"아니, 엄마가 외국인인 걸 숨긴 이유 말이야. 왜 그렇게까지 숨겼어야 했을까? 뭔가 이유가 있을 것 같다는 생각이 들어서……."

"음……."

대한이의 말에 민국이는 선뜻 말을 잇지 못했다.

대한이의 표정에서 정민이를 미워하는 마음이 보이지 않았기 때문이었다.

대한이는 손가락으로 바닥의 작은 흙을 모으고 흩뿌리기를 반복하고 있었다.

침묵을 깬 건 민국이었다.

"그럼 어떻게 하려고?"

"우선 아까 네 말처럼 수업 끝나고 정민이랑 잠깐 얘기를 해 보려고.”

“정민이가 순순히 이유를 말할 것 같지는 않은데…….”

“그럼 할 수 없지 뭐.”

풍선에 마지막 남은 바람이 빠지듯 대한이의 목소리 끝에 힘이 없었다.

민국이는 답답하다는 듯이 말했다.

“할 수 없다니? 그럼, 그걸로 끝? 대한아, 잘 생각해 봐. 그 재수탱이 정민이를 누르고 네가 전교 회장이 될 수도 있어.”

“으아~~~ 나도 미치겠다.”

민국이의 말에 대한이는 소리를 지르며 두 손으로 머리를 쥐어뜯었다.

“에고, 난 모르겠다. 나는 여기까지. 이젠 네 차례다. 난 들어갈게. 집에 가서 잘 생각해 봐.”

민국이는 대한이 머리카락을 손으로 휘젓더니 집으로 들어가 버렸다.

대한이도 한숨을 크게 쉬고는 터벅터벅 집으로 돌아갔다.

대한이는 자기에게 상처를 줬던 정민이가 자기와 비슷한 상황이라는 이유로 마음이 흔들리고 있었다.

어느새 주방에선 맛있는 짜장 볶는 냄새가 풍겨 왔다.

배고픈 건 아니었는데도 입안 가득 침이 고여 몇 번이나 꿀꺽 삼켰다.

"자, 짜장면 나왔다."

정민이 엄마가 짜장면 두 그릇을 테이블에 올려놓았다.

김이 솔솔 나는 짜장면을 보니 대한이 배에선 '꼬르륵' 소리가 났다.

"대한이 너, 배고팠구나. 호호."

"갑자기 짜장면을 보니 맛있어 보여서요. 잘 먹겠습니다."

정민이의 비밀

"대한아, 빨리 일어나야지. 학교 늦겠어."

엄마가 방문을 열고 말하자 대한이는 그제야 침대에서 밍기적거리며 일어났다.

대한이는 어젯밤 한참을 뒤척이며 잠을 못 잔 탓인지 오늘은 눈을 뜨기조차 힘들었다.

기어 나오듯 침대에서 나와 거실로 나갔다.

"아침 먹어."

"늦어서 바로 갈게요."

잠을 깨우려고 차가운 물만 한 컵 가득 채워 벌컥벌컥 마시

고는 씻으러 욕실로 들어갔다.

찬물을 얼굴에 끼얹으니 이제야 잠이 달아났다.

비누 거품을 내어 얼굴에 문지르고 거울을 보니 꼭 다른 사
람 같았다.

대한이는 연거푸 물을 끼얹고 손가락에 비누 거품을 묻혀
눈 밑에 가로로 두 개의 선을 그었다.

그리고 콧대를 따라 비누 거품으로 선을 그었다.

그러고 보니 인디언 복장을 하고 찍은 외증조할아버지 사
진과 닮은 것 같았다.

대한이는 고개를 들어 거울을 보며 말했다.

"인간은 실수하게 마련이며 용서 받지 못할 그 어떠한 실수도 존재하지 않는다."

대한이 엄마가 가끔씩 들려줬던 인디언 이야기에 자주 나왔던 말이었다.

대한이는 이 말을 되뇌며 집을 나섰다.

"이렇게 늦게 나오는 걸 보니 어제 잠을 못 잔 게 틀림없어. 맞지?"

오늘은 민국이가 중앙 현관 앞에서 대한이를 기다리고 있었다.

"오래 기다렸냐?"

"응, 아주 많이."

새침한 표정을 지으며 얘기하는 민국이를 보며 대한이는 빙긋이 웃었다.

"으~ 춥다. 빨리 가자."

대한이가 민국이 어깨를 치며 말했다.

둘은 아무 말 없이 학교로 걸어갔다.

대한이는 교실로 들어서자 정민이 눈치를 살폈다.

정민이는 대한이와 눈이 마주치자마자 고개를 돌려 창문을 바라봤다.

어제처럼 대한이를 비꼬며 비웃는 모습은 온데간데없이 사라졌다.

'너도 엄마한테 다 들었겠지?'

대한이는 정민이를 보자 온 교실을 다니며 '정민아, 너네 엄마가 중국인이라며? 어쩜 그렇게도 감쪽같이 속일 수 있었냐?' 하고 소문내고 싶은 마음에 입이 근질근질해졌다.

하지만 수업이 끝나고 정민이를 따로 만나 얘기해 볼 참이었다.

대한이는 수업 시간에 선생님의 얘기 따위는 들리지 않았다.

정민이를 따로 만나면 무슨 말을 해야 할지 고민하느라 선생님이 대한이를 불러 질문하는 것도 듣지 못했다.

"김대한, 너 수업 시간에 무슨 생각을 그렇게 하고 있냐?"

"네? 저요? 아, 아니에요."

"회장선거에 출마한다는 녀석이 그러면 안 되지. 우리 반 규칙 알지? 수업 끝나고 청소하고 가도록."

"네……."

6교시 수업 시간이 끝나가자 대한이는 마음이 급해졌다.

'청소하다가 정민이를 놓치면 안 되는데……'

"딩동댕."

수업 마치는 종소리와 함께 선생님의 수업 마친다는 말이 끝나자마자 아이들은 가방을 메고 교실을 나섰다.

대한이는 정민이의 눈치를 살폈다.

정민이는 온몸에 힘이 빠진 사람처럼 느릿느릿 짐을 정리하고 있었다.

"지금 정민이 마음은 지옥일 거야. 야, 빨리 청소하자."

민국이가 대한이에게 다가와 재촉했다.

다행히 대한이 말고 민기도 수업 중에 자꾸 두리번거린다는 이유로 걸렸고, 민국이도 도와주기로 했다.

원래 청소 당번도 남아 있어 청소는 금방 끝날 것 같았다.

예상대로 청소는 빨리 끝났다.

청소가 거의 마무리가 되었을 무렵 자기가 마무리하겠다며 민국이는 대한이에게 빨리 가 보라고 손짓을 했다.

대한이는 급하게 교실을 나서서 학교 밖으로 뛰어나갔다.

이리저리 두리번거리다 항상 정민이가 집으로 향하던 길로 달려갔다.

다행히 저 멀리서 고개를 푹 숙인 채 걸어가고 있는 정민이가 보였다.

대한이는 정민이를 쫓아 뛰어갔다.

정민이와 꽤 거리가 좁혀졌을 때였다.

갑자기 걸음을 멈춘 정민이는 주변을 두리번거리더니 식당 건물 안으로 들어갔다.

마음이 급해진 대한이는 건물을 향해 뛰어갔다.

건물로 들어간 대한이는 정민이가 가 볼 만한 곳을 찾아봤다.

그 건물은 2층 건물이었고 1층은 '천안문'이라는 중국 음식 가게가 있었다.

그리고 그 옆에는 조그마한 카페와 '행복부동산'이라고 써 있는 간판이 보였다.

2층은 가정집인 듯 올라가는 길에 철로 된 문이 있었다.

대한이는 불현듯 정민이 어머니가 중국인이라고 들었던 게 생각났다.

혹시나 하는 마음으로 유리창에 붙은 간판 사이로 보이는 음식점 내부를 들여다본 대한이는 깜짝 놀라 소리를 지를 뻔했다.

가게 계산대 의자에 앉아 핸드폰을 보는 아이가 바로 정민이었기 때문이었다.

대한이는 가게 앞에 서서 어떻게 하면 좋을지 생각했다.

'그냥 집에 갈까? 아냐, 여기까지 와서 그냥 갈 순 없지. 그럼 가게에 들어가서 정민이를 불러내? 가게에는 정민이 아빠나 엄마가 계실 텐데…….'

대한이가 이러지도 저러지도 못하고 있는 사이에 가게 문이 열리더니 누군가 고개를 내밀고 말했다.

"어떻게 왔니?"

얼굴이 하얗고 머리를 단정하게 묶어 위로 올린 아주머니였다.

대한이는 대번에 이 사람이 정민이의 엄마인 걸 알았다.

순간 아무 말도 나오지 않고 그냥 문 앞에서 얼어붙은 듯 서 있고 말았다.

"엄마, 누군데 그렇게 서 있어?"

정민이의 목소리였다.

정민이는 엄마와 대한이가 있는 쪽으로 와서는 가게 문을 활짝 열어 버렸고 대한이와 눈이 마주치고 말았다.

"어, 김대한."

"어……. 그게……. 음……."

둘은 서로에게 무슨 말부터 꺼내야 할지 머뭇거렸다.

그러자 정민이 엄마가 대한이 손을 잡고 가게 안으로 끌어당기며 말했다.

"네가 대한이구나! 너희 엄마랑 센터에서 친한 엄마야. 이왕 온 김에 아줌마가 짜장면 해 줄게. 먹고 가."

"네? 아니……. 괜찮아요."

"그러지 말고 먹고 가. 아줌마가 아들 친구에게 짜장면 해 주고 싶어서 그래. 맛있게 해 줄게. 잠깐만 기다려."

정민이 엄마는 이미 주방에 들어가고 있었다.

대한이는 뭐라고 얘기하려고 했지만, 그냥 포기하고 가게 한가운데 서 있었다.

"거기 가운데 자리에 앉아 있으렴."

대한이는 정민이 엄마가 목으로 쭉 빼고 가리키는 테이블에 가서 의자를 빼고 엉거주춤하게 앉았다.

정민이는 방금까지 있던 계산대 의자에 가서 앉았다.

핸드폰은 꺼내 만지작거렸지만 뭘 하는 것 같지는 않았다.

"정민이는 친구 왔는데 왜 그러고 있어? 같이 앉지 않고?"

정민이 엄마는 코를 찡긋하며 정민이를 째려봤다.

정민이는 엄마의 말에 어기적어기적하며 대한이 맞은편 의자를 꺼내 털썩 앉았다.

고분고분 엄마 말을 듣는 걸 보니 정민이도 어제 엄마에게 한 소리 들은 게 틀림없다 생각했다.

어느새 주방에선 맛있는 짜장 볶는 냄새가 풍겨 왔다.

배고픈 건 아니었는데도 입안 가득 침이 고여 몇 번이나 꿀꺽 삼켰다.

"자, 짜장면 나왔다."

정민이 엄마가 짜장면 두 그릇을 테이블에 올려놓았다.

김이 솔솔 나는 짜장면을 보니 대한이 배에선 '꼬르륵' 소리가 났다.

"대한이 너, 배고팠구나. 호호."

"갑자기 짜장면을 보니 맛있어 보여서요. 잘 먹겠습니다."

대한이도 어색하게 웃으며 짜장면을 먹었다.

정민이도 대한이 맞은편에서 말없이 짜장면을 먹었다.

옆에서 가만히 둘이 먹는 모습을 지켜보던 정민이 엄마가 얘기했다.

"정민이 때문에 대한이가 마음고생 많았지?"

갑작스런 정민이 엄마의 말에 대한이는 짜장면을 먹다 말고 고개를 들어 정민이를 봤다.

정민이는 고개를 들지 않고 젓가락으로 빈 그릇만 긁어 대고 있었다.

"정민이가 실수를 한 것 같더구나."

"네?"

대한이는 정민이와 정민이 엄마를 번갈아 쳐다보며 물었다.

"어제 정민이한테 얘기 다 들었어. 그동안 엄마가 중국인이란 것도 숨겨 왔다고 말이야. 그리고 너도 많이 놀리고 무시했다고 말하더라. 그래서 아줌마가 어제 정민이 엄청 혼냈어. 오늘 학교에 가면 너한테 사과하라고 했는데, 못하고 온 것 같았어. 근데 대한이가 우리 가게로 찾아올 줄 몰랐네."

아주머니, 아니 정민이 엄마의 말을 대한이와 정민이는 말없이 듣고 있었다.

정민이 엄마가 말을 이어 갔다.

"대한아, 잘 왔다. 정민이가 대한이에게 사과하면 좋겠어."

정민이는 엄마의 말에 쭈볏쭈볏하면서 쉽게 말을 내뱉지 못했다.

"정민아, 어서 사과해야지."

정민이 엄마의 목소리가 커졌다.

그러자 갑자기 정민이가 자리를 박차고 일어났다.

"왜 나한테만 그래? 난 그냥 아무도 물어보지 않아서 말하지 않은 것뿐이야. 난 대한이네 엄마도 엄마처럼 놀림당해서 자기네 나라로 간 줄 알았단 말이야. 그렇게 말한 게 뭐가 그리 잘못인 건데?"

"정민이 너?"

정민이 엄마의 목소리가 더욱 커졌다.

그러자 정민이는 엄마가 잡을 새도 주지 않고 밖으로 뛰쳐나가 버렸다.

"에휴~~ 아줌마가 정민이 대신 사과할게. 정민이가 아직 사과할 준비가 안 됐나 봐."

정민이 엄마가 한숨을 쉬며 자리에 주저앉았다.

대한이는 정민이 엄마의 눈치를 살피며 조심스럽게 말했다.

"저, 정민이에게 사과 받으러 온 거, 아니에요."

"뭐? 그럼?"

정민이 엄마가 고개를 들어 대한이를 바라봤다.

"저는 정민이 엄마가 중국인이라는 얘기를 듣고 처음엔 비슷한 상황인데 저한테 그렇게 대한 게 화가 났어요. 그런데 생각해 보니 정민이가 그럴 만한 이유가 있을 것 같다는 생각이

들었어요. 엄마가 중국인이라는 걸 왜 숨겼어야 했는지 듣고 싶어요. 이유가 있을 것 같아서요.”

대한이의 말에 아주머니는 짧게 한숨을 쉬었다.

그러곤 천천히 말했다.

“정민이가 일곱 살 때였을 거야. 한국에 들어온 지 얼마 안 돼서 아줌마가 한국말이 서툴렀어. 처음 이 가게를 열고 정민이를 맡길 데가 없어서 가게에서 데리고 장사를 했지. 하루는 가게에 아줌마랑 비슷한 나이 또래의 손님들이 왔는데 아줌마가 주문을 받으면서 한국말을 어설프게 하니까 중국인이냐고 물어보더구나. 그렇다고 했지. 그러고 나서 자기들끼리 수근거렸나 봐. 짱깨가 짱깨를 한다고 말이야. 그걸 옆에서 정민이가 들었는지 나중에 아줌마한테 물어보더라. 짱깨가 뭐냐고……. 아줌마도 처음엔 그 뜻을 잘 몰랐는데 정민이 아빠가 그러더라. 중국 사람을 욕하는 말이라고 말이야. 그때부터 정민이는 엄마가 중국인이란 걸 숨긴 것 같아.”

“아…….”

대한이는 더는 말을 잇지 못하고 고개만 끄덕였다.

정민이 엄마는 대한이 머리를 쓰다듬으며 일어섰다.

“그렇다고 해도 잘못한 건 잘못한 거지. 아줌마가 정민이한테 잘 얘기해서 내일 꼭 사과하게 할게."

정민이 엄마의 말에 대한이는 손사래를 치며 말했다.

"우리 엄마가 항상 저에게 하는 말이 있어요. '인간은 실수하게 마련이며 용서 받지 못할 그 어떠한 실수도 존재하지 않는다.'라고요. 엄마도 인디언인 할아버지께 들었던 말이라고 하셨어요. 아주머니 말씀을 들으니까 정민이 마음도 조금 이해는 가요. 저 이제 가 볼게요. 안녕히 계세요."

정민이 엄마는 대한이의 말을 가만히 듣고 있더니 환하게 미소를 지으며 말했다.

"그래, 고마워. 정민이한테 전해 줄게."

대한이는 정민이네 가게에서 나왔다.

집으로 돌아오는 발걸음이 아까보다는 훨씬 가벼워진 기분이었다.

"우리 대한이 오늘 기분 좋은 일 있나 봐?"

현관문을 열고 들어오는 대한이를 보고 부엌에서 설거지를 하던 대한이 아빠가 빙긋이 웃으며 말했다.

"별일 없는데요? 기분 좋아 보여요?"

"아빠는 대한이 표정 보면 다 알지~! 요즘 회장선거 준비는 잘돼 가니?"

"네~! 잘하고 있는지는 모르겠지만 열심히는 하고 있어요. 식당은 어떻게 하고 오셨어요?"

"오늘은 엄마가 가서 도와주고 있지. 엄마도 아빠랑 같이 식당 일 하기로 했거든."

아빠의 말을 듣고 대한이는 순간 가슴이 철렁했다.

아까 정민이네 엄마가 했던 말이 떠올랐기 때문이었다.

"대한아, 왜? 엄마가 아빠랑 식당 일 하는 거 싫어?"

대한이의 표정을 살피던 아빠가 물었다.

"네, 조금……. 사람들이 엄마를……."

대한이는 갑자기 감정이 북받쳐 올라와 말을 잇지 못하고 있었다.

대한이 아빠는 입술을 꾹 오므리며 대답할 말을 생각하는 듯하더니 식탁 의자에 앉으며 말했다.

"대한아, 아빠도 처음엔 그런 걱정을 했는데 엄마는 어딜 가나 그런 사람들은 있다며 당당하던걸? 자기가 어떻게 할 수 없는 사람의 말에 상처 받지 않겠다고 말이야. 엄마를 사랑하는 가족이 있고, 엄마 모습 그대로를 인정해 주는 사람들이 훨씬 많다며 걱정하지 말라고 하더라. 대한이 엄마 진짜 멋지지?"

대한이는 갑자기 목이 꽉 막힌 듯 메어 오며 눈물이 나려는 걸 꾹 참고 힘차게 고개를 끄덕였다.

"아, 맞다. 엄마 친구가 대한이 친구 엄마라면서? 정민이라고 했던 것 같은데. 그 친구 엄마 덕분에 용기를 얻었다고 그러더라. 그 친구한테 엄마, 아빠 대신 고맙다고 전해 줘."

"네, 내일 만나면 꼭 전해 줄게요."

대한이는 정민이를 만나면 꼭 그렇게 말해 주겠다고 다짐했다.

"그 아이들도 수많은 차별을 당하고 살아서 마음이 많이 아팠을 거야.

그 상처를 누구에게도 털어놓지 못해서

다른 사람도 그 아픔을 느껴 보게 하고 싶었을지 모르겠구나.

누군가가 나를 때리면 상대를 똑같이 때려서라도

아픔을 돌려주고 싶듯이 말이야.

그렇게라도 자기가 정말 아팠다고, 슬펐다고 말하고 싶었는지도 모르겠다.

대한아, 그런 사람들은 어디에나 있어. 그 사람들을 바꿀 수는 없어.

그 대신 네가 그런 쓸데없는 말에 흔들리지 않도록 강해져야 해. 알겠지?"

너도 아팠겠구나

"앗, 깜짝이야. 놀랐잖아."

이튿날 아침, 대한이가 현관문을 열고 나오는데 민국이가 서 있어서 섬찟 놀라 뒤로 물러서며 말했다.

"짜식, 놀라기는……. 어제 정민이랑 잘 얘기했어?"

"정민이랑 얘기하려고 따라갔다가 정민이 엄마를 만났어."

"정민이 엄마? 어디서?"

민국이는 깜짝 놀라며 물었다.

"정민이가 상점 건물 안으로 들어가길래 찾다 보니 중국집 안에 있더라고. 주변에서 어슬렁거리다가 정민이 엄마가 불러서 들어갔지.”

“그래서?”

“야, 일단 내려가면서 얘기하자. 학교 늦겠다.”

대한이는 학교에 가는 내내 민국이의 질문 공세에 어제 정민이네 가게에서 있었던 얘기들을 쏟아 놓았다.

서로 질문과 답을 주고받으며 걸어가다 보니 어느새 교문이 보였다.

고개를 떨군 채 터벅터벅 걸으며 교문을 지나 계단을 올라가고 있는 아이가 눈에 띄었다.

정민이었다.

"정민이랑 같이 갈까?"

"아냐, 어제 모든 걸 다 알아 버렸으니 얼마나 조마조마하겠냐? 누가 곁에 오는 것도 싫을걸."

대한이의 말에 민국이도 뛰어가려고 어깨 위로 가방끈을 고쳐 잡은 손을 슬그머니 내려놓았다.

"지금 정민이 마음속은 지옥 같을 거야. 아무도 모르게 꼭꼭 숨겨 왔던 걸 한순간에 들켜 버렸으니까."

"그것도 제일 들키고 싶지 않은 사람한테 말이야."

민국이의 말에 대한이는 뭐라고 대답을 할까 망설이다가 이내 입을 열지 않았다.

대신 자기 자신에게 물어봤다.

'내가 그렇게 당했어도 나와 비슷한 상황에 있는 사람에게 그렇게 대했을까?'

대한이는 이런저런 생각을 하다가 문득 예전에 멕시코에서 친구들한테 아시아인이라며 놀림을 받았던 기억이 났다.

거기서 대한이를 괴롭히고 놀렸던 친구들은 자기보다 더 까만 피부색의 멕시코인이었다.

아빠는 대한이가 놀림을 받고 울면서 집으로 돌아온 날, 이런 얘기를 하며 대한이를 달래 주었다.

"그 아이들도 수많은 차별을 당하고 살아서 마음이 많이 아팠을 거야.

그 상처를 누구에게도 털어놓지 못해서 다른 사람도 그 아픔을 느껴 보게 하고 싶었을지 모르겠구나. 누군가가 나를 때리면 상대를 똑같이 때려서라도 아픔을 돌려주고 싶듯이 말이야. 그렇게라도 자기가 정말 아팠다고, 슬펐다고 말하고 싶었는지도 모르겠다. 대한아, 그런 사람들은 어디에나 있어. 그 사람들을 바꿀 수는 없어. 그 대신 네가 그런 쓸데없는 말에 흔들리지 않도록 강해져야 해. 알겠지?"

'정민이도 어쩌면 엄마가 손님들한테 그런 말을 들었을 때, 자기가 이렇게 아팠다고, 누군가에게 알려 주고 싶었던 게 아니었을까?

그렇다고 해도 그 방법밖에 없었을까?'

"김대한, 너 또 무슨 생각하냐?"

민국이가 대한이 옆구리를 쿡 찌르며 말하는 통에 대한이는 정신이 번쩍 들었다.

"아무것도 아냐."

대한이는 고개를 세차게 흔들고는 교실로 힘차게 걸어갔다.

"아이고, 전교 회장 후보님 오셨습니까? 우리 반에 회장 후보가 두 명이나 있어서 누구를 뽑아야 할지 모르겠네."

교실에 들어서자 현우가 장난치며 말을 걸었다.

"너 마음에 드는 사람 뽑는 거지 뭐~! 나 뽑아 주면 좋고~!"

대한이는 장난스레 대답하며 자리에 앉았다.

현우도 장난이 싱거워졌는지 머리를 긁적이며 민기에게 다가가 말을 걸었다.

대한이는 교실에서 수업을 듣는 내내 힐끔힐끔 정민이를 봤다.

멍하니 앉아 있거나 연습장에 낙서를 끄적거리다 선생님이 다가오면 책을 보는 척했다.

선생님은 정민이의 모습이 이상한 걸 눈치챘는지 수업이 끝나고 잠깐 남으라고 하셨다.

"대한아, 너 뭐하냐? 정민이 기다려?"

수업이 끝나고 교실 밖 복도에서 서성거리는 대한이를 보고 복도에 앉아서 게임을 하던 민기가 물었다.

"야~ 민기, 너는 어쩜 그렇게 사람 마음을 잘 알아채냐? 너그 안경에 진짜 사람의 마음을 보는 마법의 힘 같은 게 있는거 아냐?"

"마법은 무슨, 교실에서 선생님이랑 정민이가 얘기하고 있는데 네가 서성거리고 있으니 그냥 그러려니 했지 뭐. 하하."

민기와 대한이가 장난을 주고받고 있는 와중에 교실 앞문이 '드르륵' 하고 열리더니 정민이가 나왔다.

정민이는 대한이를 보고 순간 멈칫하더니 이내 고개를 홱돌리고는 계단으로 가는 복도로 걸어갔다.

대한이는 정민이를 따라 걸어갔다.

정민이의 걸음이 그리 빠르지 않아서 이내 대한이와 정민이의 거리가 좁혀졌다.

운동장을 가로질러 가던 정민이는 갑자기 걸음을 멈추고고개를 돌려 대한이를 바라봤다.

어제와는 다르게 정민이의 눈빛에 살기가 느껴졌다.

"나한테 무슨 할 말 있냐?"

"응."

대한이는 정민이의 눈을 피하지 않았다.

"어제 네가 밖으로 나간 뒤에 너희 엄마한테 다 들었어. 엄마가 중국인인 걸 숨긴 이유 말이야."

"내가 뭘 숨겼는데? 난 그냥 먼저 물어보지 않아서 말을 안 한 것뿐이야. 그런 걸 떠벌리며 자랑할 건 아니잖아?"

"자랑이 아니라고? 엄마가 나중에 네가 엄마에 대해서 아무에게도 말 안 한 걸 알았을 때 속상해할 거라곤 생각 안 해 봤어?"

순간, 서로 눈을 똑바로 쳐다보며 쏘아 대던 둘 사이에 약간의 정적이 흘렀다.

대한이의 말에 정민이의 눈동자가 심하게 흔들리더니 금세 울 것처럼 눈에 눈물이 그렁그렁 맺혔다.

"엄마보다 내가 더 힘들었다고, 엄마가 그런 말을 듣는 걸 보는 내가 더 힘들었단 말이야."

정민이는 입술까지 바들바들 떨며 말을 이어 갔다.

"이제 속이 시원하냐? 그래서 어쩔 건데? 친구들한테 얘기할 거지? 얘기할 거면 빨리 얘기해. 시간 끌지 말고. 난 하루하루가 지옥 같으니까. 다 말하면 속은 시원해지겠네."

정민이의 말이 끝나자 대한이는 잠시 숨을 고르고 대답했다.

"아니, 난 친구들에게 말 안 할 거야. 그리고 내가 오늘 너한테 이 말을 하고 싶어서 따라온 거야. 우리 엄마 아빠가 너희 어머니께 감사하다고 전해 달라고 하셨거든."

정민이는 무슨 말인지 몰라 어리둥절한 표정으로 대한이를 쳐다봤다.

"우리 아빠가 식당을 하려고 하는데 엄마가 식당 일을 하는 걸 망설이고 있었어. 혹시나 사람들에게 이상한 말을 들을까 봐 겁이 났던 것 같아. 그런데 너희 엄마가 용기를 줬대. 그런 말을 하는 사람들은 어딜 가나 있다고 말야."

정민이는 대한이의 말을 가만히 듣고 있었다. 대한이는 말을 이어 갔다.

"그런 사람들 말에 신경 쓰지 말라고 그러셨대. 그런 사람보다 우리 엄마 모습 그대로를 사랑하고 자랑스러워할 사람이 훨씬 많다고 말이야. 우리 엄마가 그 말에 용기를 얻었나봐. 아빠도 너희 엄마에게 고마워하셨어. 그리고 내가 너한테 말하고 싶은 게 한 가지 더 있는데 넌 엄마를 부끄러워한 게 아니고 지켜 주고 싶었던 거야. 너랑 지금 얘기하면서 그런 생각이……."

대한이의 말이 끝나기도 전에 정민이의 어깨가 들썩이고 있었다.

"나, 간다. 내일 보자."

정민이는 고개를 푹 숙인 채 울먹이고 있다가 쓱쓱 눈을 비비더니 교문 쪽으로 달려가고 있었다.

"내일 보자……."

대한이는 정민이의 마지막 말을 읊조리다 말고 엷은 미소를 지었다.

책상 의자에 털썩 앉으니 한숨이 저절로 새어 나왔다.

'내일이 선거 날이구나.'

며칠 전부터 연설문을 쓰려고 했지만 몇 번이나 쓰고, 지우고를 반복하다가

책상 구석에 밀어 놓은 연습장이 보였다.

그 연습장을 다시 책상 가운데로 가져와 펼쳤다.

그러곤 숨을 고르고 천천히 연설문을 읽어 봤다.

대한이의 공약은 차별 금지!

집에 돌아오니 오늘은 엄마가 있었다.

엄마는 대한이를 보고 다가와 볼 키스를 하며 안아 주었다.

"대한아, 정민이랑 화해했어?"

정민이 엄마가 엄마에게 그동안 있었던 얘기를 한 것 같 았다.

"화해라고 하기엔 그렇고 잘 이야기했어요. 그리고 엄마랑 아빠가 정민이 엄마에게 고마워한다는 것도 얘기했어요."

"내 아들, 잘했네."

엄마가 두 손으로 대한이 볼을 쓰다듬으며 함박웃음을 지었다.

대한이는 엄마도 정민이 엄마에게 그 얘기를 듣고 마음이 쓰였겠다는 생각이 들었다.

"엄마, 내일 드디어 선거 연설하는 날이에요. 연설문 쓰는 거 얼른 마무리하고 나올게요."

대한이는 화제를 돌리고 방으로 왔다.

책상 의자에 털썩 앉으니 한숨이 저절로 새어 나왔다.

'내일이 선거 날이구나.'

며칠 전부터 연설문을 쓰려고 했지만 몇 번이나 쓰고, 지우고를 반복하다가 책상 구석에 밀어 놓은 연습장이 보였다.

그 연습장을 다시 책상 가운데로 가져와 펼쳤다.

그러곤 숨을 고르고 천천히 연설문을 읽어 봤다.

"똑똑."

"네."

방문을 두드리는 소리에 대한이가 대답하자 첫째 누나 아름이었다.

아름이는 방문 사이로 고개를 빼꼼히 내밀고 말했다.

"대한아, 너 연설문 준비한다면서? 누나가 도와줄까?"

"응, 그러면 완전 고맙징!"

대한이의 애교 섞인 대답에 아름이는 빙긋 눈웃음을 지으며 안으로 들어오더니 침대에 털썩 앉으며 말했다.

"그럼, 지금까지 쓴 연설문 한번 들어 볼까?"

"어? 연설문을 읽어 보라고?"

"응, 누나 앞에서 할 수 있어야 다른 사람들 앞에서도 할 수 있는 거야."

"음……. 그래, 알았어. 마음의 준비를 좀 하고……. 흐흠."

대한이는 헛기침을 한 번 하고 나서 써 둔 연설문을 읽었다.

"안녕하십니까? 이번 전교 회장선거에 출마하게 된 김대한입니다.

제가 전교 회장이 된다면 우리 학교에서 학생들이 평화로운 환경에서 지낼 수 있도록 노력하겠습니다.

평화로운 환경을 위한 공약은 차별 금지 캠페인을 벌이는 것입니다.

학생 여러분께 설문 조사를 해서 학교 안에서 일어나는 차별에 대해 알아보겠습니다.

학생들이 많이 차별받고 있는 내용을 정리하여 전교 어린이 임원단과 함께 전체 학생들과 선생님들께 적극 홍보하고 교실에서도 지키도록 건의하겠습니다.

평화로운 학교를 위한 두 번째 공약은 운동장 사용 시간 배정입니다.

점심시간에 운동장에서 놀고 싶은 저학년 학생들은 고학년 학생들이 운동장을 차지하고 있어서 놀지 못하고 들어가는 것을 자주 보았습니다.

운동장은 우리 학교 모든 학생을 위한 공간입니다. 운동장을 모두가 공평하게 사용할 수 있도록 사용 시간을 정하겠습니다."

"여기까지 썼는데 어때?"

대한이는 누나의 눈치를 살피며 물었다.

"음, 내용은 좋은데 임팩트가 없네."

누나는 아쉬운 듯 미간이 찌푸려지며 말했다.

"임팩트? 그게 무슨 뜻이야?"

"연설은 많은 사람들에게 자기의 주장을 설득시키는 목적이 있으니까 내용도 중요하지만 기억에 남을 만한 말이 필요하다는 뜻이지."

"그럼 어떤 말을 더 넣으면 좋을까?"

대한이의 질문에 아름이는 잠깐 고민하더니 대답했다.

"김대한으로 삼행시를 쓰거나 차별을 쓴 스티로폼 조각을 쪼개는 퍼포먼스 같은 것도 기억에 남을 것 같아. 물론 현타 오면 부끄러움은 네 몫이겠지만 말이야. 하하."

"으~ 벌써 손발이 오그라드는 것 같아. 우선 누나 말대로 한번 써 볼게. 나는 김대한 삼행시가 그나마 괜찮을 것 같아."

"그래, 한번 잘 써 봐. 다 쓰면 누나가 봐줄게."

아름이는 대한이 머리를 쓰다듬고는 자기 방으로 갔다.

누나가 나간 이후로 대한이는 한참을 고민하면서 연설문을 다듬었다.

저녁이 되자 온 가족이 식탁에 모였다.

모두 대한이의 회장선거에 대한 얘기로 시끌벅적거렸다.

아빠가 먼저 말을 꺼냈다.

"대한이 내일 회장선거 연설한다며? 연설문은 다 썼니?"

"네, 거의 다 썼어요."

"제가 좀 도와줬어요. 하핫."

아름이가 대한이 어깨에 손을 올리며 눈짓을 했다.

"누나가 많은 도움이 됐죠."

대한이도 아름이를 보고 어색하게 미소를 지었다.

"그럼, 연설문 쓴 거 한번 들어 보자. 궁금해."

다운이가 식탁 위에 손을 올리고 턱을 괴며 말했다.

그 말에 엄마와 아빠도 눈을 빛내며 대한이를 바라봤다.

자기를 향한 가족들의 눈빛에 대한이는 머리를 긁적거리면서 방에 들어가 연설문을 가지고 나왔다.

"흐흠."

목소리를 가다듬은 대한이는 연설문을 읽기 시작했다.

"안녕하십니까? 이번 전교 회장선거에 출마하게 된 김대한입니다.

제가 전교 회장이 된다면 우리 학교에서 학생들이 평화로운 환경에서 지낼 수 있도록 노력하겠습니다. ……."

"우와, 대한이 멋있다."

"대한이 짜식 많이 컸네. 아빠가 학생이면 우리 대한이 뽑을 것 같다. 하하하."

"대한이 좀 하네~!"

대한이의 연설이 끝나자 엄마와 아빠, 그리고 다운이가 박수를 치며 한마디씩 했다.

그 와중에 가만히 듣고 있던 아름이가 물었다.

"삼행시는 왜 안 해?"

"어, 삼행시는 조금 부끄러워서 마음의 준비가 필요해."

"삼행시! 삼행시!"

대한이가 쑥스러운 듯 웃으며 머리를 긁적이자 가족들은 한목소리로 외쳤다.

대한이는 못 이기는 척 자기 이름을 한 글자씩 크게 불러 달라고 했다.

"김!"

"김대한을 뽑아 주세요."

"품!"

다운이는 벌써부터 웃음이 터져 나오는 걸 간신히 막았다.

"대!"

"대한이가 우리 학교를 평화로운 학교로 만들기 위해 노력하겠습니다."

"한!"

"한 번만 믿어 주세요."

"풉, 푸하하하!"

대한이가 집게손가락을 얼굴 옆에 대고 최대한 불쌍한 표정으로 말하자 아름이도 더 이상은 못 참고 웃음이 터져 버렸다.

아빠, 엄마도 재미있는지 박수를 치며 환하게 웃었다.

아주 오랜만에 대한이 가족 모두의 웃음소리가 온 집 안 가득 퍼져 나갔다.

연설이 끝나고 나니 대한이가 처음 생각했던 것보다 떨리지 않았다.

자리로 돌아오며 후보들의 눈치를 보니 먼저 연설을 한 미나와 경호가

엄지손가락을 치켜올리며 빙긋 웃어 주었다.

자리로 돌아와 자리에 앉으니 그제야 긴장이 풀렸는지

온몸에 힘이 다 빠져나가는 것 같았다. 다음엔 정민이의 차례였다.

자기 이름이 불리자 정민이는 담담하게 탁자로 걸어 나갔다.

카메라 조명을 받으니 피부가 더 하얗게 보였다.

정민이는 작게 숨을 내쉬더니 연설을 시작했다.

정민이의 고백

"웬일이냐? 매일 꼴찌로 일어나는 대한이가 학교 갈 준비를 다 하다니 말이야."

대한이 아빠가 화장실에서 나오며 화장실 문 앞에서 기다리던 대한이를 보며 말했다.

"오늘 연설하는 날이잖아요. 멋지게 하고 가야죠."

대한이의 말에 아빠는 씨익 웃고는 부엌으로 갔다.

세수를 하고 머리를 감은 뒤 대한이는 거울을 봤다.

크게 숨을 들이쉰 다음 천천히 내뱉으며 나지막하게 읊조렸다.

"대한아, 잘할 수 있어. 넌 엄마, 아빠의 자랑스러운 아들이니까."

화장실을 나와 준비한 옷을 입고 집을 나섰다.

오늘도 현관문 앞에는 민국이가 기다리고 있었다.

"오~ 김대한, 오늘 좀 멋있는데?"

"오늘 연설하는 날이잖아."

"아, 맞다. 어쩐지~ 근데 너 우산 안 가져왔다. 밖에 비 오는데……."

"그래? 잠깐만 우산 가져올게."

대한이는 다시 집에 가서 우산을 가져 나왔다.

비가 오니 더 쌀쌀해졌는지 연설할 생각에 긴장한 탓인지 우산을 든 대한이의 손이 가늘게 떨렸다.

대한이가 교실에 들어서자마자 선생님이 말했다.

"대한아, 연설문 다 써 왔지?"

"네, 써 왔어요."

"회장 후보 연설한다고 방송실로 내려오래. 정민이는 벌써 내려갔어."

선생님은 가방을 내려놓고 연설문을 꺼내는 대한이의 어깨를 토닥여 주었다.

방송실에는 전교 회장선거에 출마한 다섯 명의 후보들이 앉아 있었다.

다들 긴장한 탓인지 아무 말도 없이 멀뚱멀뚱 방송 준비를 하는 선생님을 바라보고 있었다.

아이들이 앉은 의자 앞에는 카메라가 설치되어 있었고 그 맞은편에 연설을 하는 탁자가 놓여 있었다.

대한이는 기호 3번이어서 비어 있는 세 번째 자리에 앉았다.

옆에는 기호 4번인 정민이가 앉아 있었다.

정민이를 힐끗 봤지만, 정민이도 긴장이 되는지 한숨을 한 번 크게 쉬며 천장을 올려다봤다.

후보 아이들이 다 오자 회장선거를 담당하는 선생님은 연설 순서와 주의 사항을 알려 주며 잠깐만 기다리라고 하곤 테이블로 향했다.

"아아, 마이크 테스트 중입니다."

다른 곳을 보던 아이들은 마이크 소리에 깜짝 놀라 마이크가 놓인 탁자를 봤다.

선생님은 탁자 옆에 있던 단상으로 옮겨 연설 시작을 알렸다.

"지금부터 누리빛초등학교 전교 회장선거 연설을 시작하겠습니다. 후보자의 연설을 귀 기울여 들어 주시기 바랍니다. 먼저 1번 후보 손미나 학생의 연설이 있겠습니다."

선생님의 말씀이 끝나자 1번 후보자 손미나가 걸어 나와 테이블에 앉았다.

"안녕하십니까? 기호 1번 손미나입니다. 제가 전교 회장이 된다면 깨끗한 학교, 학교 폭력 없는 학교를 만들겠습니다. 먼저……."

미나는 마지막에 노래까지 부르며 연설을 마무리했다.

단상에 서 있던 선생님은 웃음을 간신히 참아 내며 다음 후보를 소개했다.

대한이는 1번 후보의 노래 덕분에 아까보다 긴장이 풀렸다.

2번 후보인 경호의 연설이 끝나고 대한이의 이름이 불렸다.

'에라, 모르겠다. 어제 가족들 앞에서 연습한 대로만 하자.'

대한이는 의자에서 벌떡 일어나 성큼성큼 탁자로 걸어 나갔다.

탁자에 앉아 연설문을 내려놓고 카메라를 봤다.

앞에는 후보 친구들과 카메라를 담당하는 선생님밖에 없어서 생각보다 떨리지는 않았다.

"안녕하십니까? 이번 전교 회장선거에 출마하게 된 김대한입니다.

제가 전교 회장이 된다면 우리 학교에서 학생들이 평화로운 환경에서 지낼 수 있도록 노력하겠습니다.

평화로운 환경을 위한 첫 번째 공약은 차별 금지 캠페인을 벌이는 것입니다.

학생 여러분께 설문 조사를 해서 학교 안에서 일어나는 차별에 대해 알아보겠습니다.

학생들이 많이 차별 받고 있는 내용을 정리하여 전교 어린이 임원단과 함께 전체 학생들과 선생님들께 적극 홍보하고 교실에서도 지키도록 건의하겠습니다.

평화로운 학교를 위한 두 번째 공약은 운동장 사용 시간 배정입니다.

점심시간에 운동장에서 놀고 싶은 저학년 학생들은 고학년 학생들이 운동장을 차지하고 있어서 놀지 못하고 들어가는 것을 자주 보았습니다.

운동장은 우리 학교 모든 학생을 위한 공간입니다. 운동장을 모두가 공평하게 사용할 수 있도록 전교 어린이회 회의를 통해서 사용 시간을 정하겠습니다. 그리고 마지막으로 제 이름으로 삼행시를 지어 보았습니다."

"김!"
"김대한을 뽑아 주세요."

"대!"
"대한이가 우리 학교를 평화로운 학교로 만들기 위해 노력하겠습니다.”

“한!”
“한 번만 믿어 주세요.”

연설이 끝나고 나니 대한이가 처음 생각했던 것보다 떨리
지 않았다.

자리로 돌아오며 후보들의 눈치를 보니 먼저 연설을 한 미
나와 경호가 엄지손가락을 치켜올리며 빙긋 웃어 주었다.

자리로 돌아와 앉으니 그제야 긴장이 풀렸는지 온몸에 힘
이 다 빠져나가는 것 같았다. 다음엔 정민이의 차례였다.

자기 이름이 불리자 정민이는 담담하게 탁자로 걸어 나갔다.

카메라 조명을 받으니 피부가 더 하얗게 보였다.

정민이는 작게 숨을 내쉬더니 연설을 시작했다.

“안녕하세요.

기호 4번 김정민입니다. 저는 오늘 연설을 하기 전에 부끄
러운 고백을 하고 싶습니다.”

대한이는 이 말을 듣고 정민이가 무슨 말을 하려고 하는지

단번에 알아챘다.

'여기서 왜 이 말을……'

이런 생각이 머리를 스쳐 지나가기도 전에 정민이는 담담히 말을 이어 갔다.

"저는 중국인인 엄마가 있습니다.

하지만 지금까지 엄마가 중국인이라고 아무에게도 말하지 않았습니다.

왜냐하면, 제가 엄마에 대해 아무 말도 안 하고 있으면 친구들은 저를 한국 사람이 아니라고 의심하지 않을 테니까요.

그런데 제 마음속에선 자꾸만 엄마에게 미안한 마음이 생겨났습니다.

최근에 한 친구가 엄마에 대해서 알게 되었습니다.

다른 나라에서 왔다고 제가 무시하고 차별했던 친구였습니다.

저는 그 친구가 다른 친구들에게 언제 얘기할까 가슴이 조마조마해서 하루하루가 지옥같이 느껴졌습니다.

그러던 중 그 친구가 저에게 이런 말을 했습니다.

제가 엄마에 대해서 말을 하지 않은 건 엄마를 부끄러워

한 게 아니라 엄마와 저를 보호하고 싶어서인 것 같다고 말입니다.

그 말을 듣고 이상하게도 제 안에 꽉 막혔던 무언가가 다 빠져나간 것처럼 시원해졌습니다. 그래서 이렇게 용기를 내게 되었습니다.

그 친구에게 고맙다고, 그동안 마음 아프게 해서 미안했다고 꼭 말하고 싶습니다.”

대한이는 여기까지 듣는데 갑자기 울컥하고 눈물이 나오려고 했다.

대한이는 도저히 정민이 얼굴을 못 볼 것 같아 천장을 보며 크게 한숨을 쉬었다.

어느새 정민이의 연설이 끝나고 정민이가 대한이 옆에 있던 자기 자리로 돌아왔다.

자리에 앉자마자 정민이도 길게 숨을 내쉬었다.

대한이는 정민이의 허벅지를 가볍게 쳤다.

정민이의 눈은 붉게 충혈돼 있었다. 대한이는 정민이를 보며 소리 없이 말했다.

‘괜찮아.’

정민이는 대한이를 보더니 무슨 말인지 이해했다는 듯 대답 대신 옅은 웃음을 지었다.

사진을 찍고 다시 집으로 가는 길에 대한이가 정민이에게 물었다.

"정민아, 무지개가 우리나라 말로 뭔지 알아?"

"잠깐, 우리나라 말? 멕시코? 아니면 한국?"

"그냥 무지개야. 무지개는 그냥 무지개."

대한이가 웃자, 정민이도 따라 씨익 웃었다.

그 웃음 위로 무지개의 색이 부드럽게 섞여 더 아름답게 빛나고 있었다.

겨울 무지개

대한이와 정민이는 교실로 돌아가면서 서로에게 말을 걸지 않았다.

처음엔 앞서 걷던 정민이가 교실이 가까워지자 발걸음이 점점 느려졌다.

대한이는 정민이 걸음이 느려지는 이유를 알 것 같았다.

대한이는 성큼성큼 걸어가 정민이를 앞질렀다. 그러곤 앞장서서 교실로 향했다.

"드르륵."

대한이가 교실 문을 열고 들어가자 반 친구들의 모든 눈이 대한이를 향했다.

'이 눈빛이 자기에게 향하는 게 얼마나 두려웠을까…….'

누구보다 정민이의 감정을 이해할 수 있는 친구는 대한이 었다.

"다녀왔습니다. 생각보다 많이 떨리네요. 흐흐."

대한이가 평소보다 큰 목소리로 말하며 자리로 돌아갔다.

어색한 웃음소리에 몇몇 친구들도 따라 웃었다.

뒤따라 정민이가 교실로 왔지만, 대한이가 큰 소리로 얘기 하는 통에 친구들의 시선도 조금 나누어졌다.

선생님이 미리 아이들에게 주의를 시켰는지 아이들도 별다른 반응을 보이지는 않았다.

정민이는 선생님과 아이들에게 말없이 꾸벅 인사를 하고는 자리로 들어가 앉았다.

2교시부터 전교 회장 투표를 시작했다.

대한이는 고민할 필요도 없이 자기 자신을 찍었다.

기표소에서 나오면서 민국이를 봤다.

민국이는 비밀스러운 작전을 펼치듯 비장한 표정으로 대한이를 보며 고개를 끄덕이더니 기표소로 들어갔다.

5학년부터 시작한 투표는 3교시가 다 되어서야 끝이 났다.

수업 중에도 대한이는 이따금 어쩐 일인지 심장이 두근두근 댔다.

"딩동댕."

수업이 끝나는 종이 울리고 민국이가 대한이에게 다가와 속삭이듯 말했다.

"야, 아까 완전 충격이었어."

대한이는 대답 대신 정민이를 봤다.

시끌벅적한 주변 분위기와 다르게 주섬주섬 가방을 정리하는 정민이의 모습이 오히려 더 눈에 띄었다.

"가까이서 본 나는 어땠겠냐?"

대한이는 정민이를 흘깃 보고는 더 작게 말했다.

"선생님이 아까 정민이 연설 끝나고 다들 정민이한테 말조심하라고 말씀하셨어. 당분간 친구들도 조심할 거야."

"그럴 줄 알았어."

"오~ 눈치 빠른걸~! 어떻게 알았대?"

"연설 끝나고 오니 교실 완전 갑분싸던데 뭘!"

"그렇긴 했지. 크크."

"난 가면서 잠깐 정민이랑 얘기 좀 할게."

"응, 그래."

정민이가 교실 밖으로 나가자 대한이는 민국이의 대답을 뒤로하면서 급하게 가방을 둘러메고 따라나섰다.

걸어가는 발걸음이 어제보다는 훨씬 가벼워 보였다.

대한이는 저만치 앞서가고 있던 정민이를 불렀다.

"야, 이정민, 잠깐만!"

정민이는 걸음을 멈추고 뒤를 돌아봤다.

대한이는 정민이가 있는 쪽으로 달려가 멈춰 서며 말했다.

"아까 연설할 때 왜 그랬어? 그렇게까지 할 필요는 없었잖아."

"아니, 그렇게 해야 했어. 이미 네가 알고 있는 걸 알게 된 뒤에 불안해서 미치겠더라. 이왕 이렇게 된 이상 다른 사람이 말하는 것보다 내가 말하는 게 마음이 편할 것 같았어. 그래서 그런 거야."

"난 끝까지 비밀로 하려고 했는데……."

"네가 알게 된 뒤로 내 비밀은 끝인 거야. 어차피 잘됐어. 숨기고 지내는 것도 힘들었으니까."

정민이의 한숨 섞인 말 뒤로 둘은 서로 아무 말 없이 걸어 운동장으로 나왔다.

어느새 비가 그치고 구름 사이로 해가 운동장을 환하게 비추고 있었다.

말없이 걷던 정민이가 입을 열었다.

"근데, 너한테 진짜 궁금한 게 한 가지 있어."

"뭔데?"

대한이가 고개를 돌려 정민이를 쳐다봤다.

"내 비밀을 알고 나서 왜 친구들한테 퍼트리지 않은 거야? 나한테 복수할 수 있는 절호의 기회였을 텐데……."

"음~ 너란 사람에 대해서 알게 되었으니까."

"그게 무슨 말인데?"

"엄마한테 너에 대한 얘기를 듣고 처음엔 너무 놀라고 배신감도 들었어. 그런데 시간이 지나면서 네가 엄마에 대해서 숨기고 싶었던 이유가 있을 거라는 생각이 들더라. 그래서 너를 뒤쫓아 갔던 거고."

"그날, 엄마한테 얘기를 들었구나."

대한이는 고개를 끄덕이며 말을 이었다.

"이유를 알게 되니까 거짓말처럼 화가 사라져 버렸어. 그때까진 같은 반 친구였지만 널 잘 몰랐었어. 너에 대해 계속 몰랐다면 복수했을 수도 있을 것 같아. 근데 너에 대해 알게 되니까 그렇게 못하겠더라고. 어쨌든 그랬어."

정민이는 아무 말 없이 대한이의 말을 듣고 있었다.

그때였다.

운동장에서 놀던 한 친구가 놀란 듯 외치는 소리가 들렸다.

"야, 저기 무지개다."

그 소리를 듣고 운동장 여기저기에 모여 놀고 있던 친구들이 두리번거렸다.

무지개는 운동장 옆쪽 언덕 위에 커다란 반원 모양으로 떠 있었다.

대한이와 정민이도 무지개가 있는 쪽으로 고개를 돌렸다.

추워진 요즘 날씨에는 보기 드물게 큰 무지개였다.

"이야, 크다."

"겨울에 무지개는 처음 보는 것 같다."

대한이의 감탄에 정민이도 맞장구를 쳤다.

둘은 돌아서서 멍하니 무지개를 보다가 서로 먼저랄 것도 없이 핸드폰을 꺼내 들고 사진을 찍었다.

사진을 찍고 다시 집으로 가는 길에 대한이가 정민이에게 물었다.

"정민아, 무지개가 우리나라 말로 뭔지 알아?"

"잠깐, 우리나라 말? 멕시코? 아니면 한국?"

"그냥 무지개야. 무지개는 그냥 무지개."

대한이가 웃자, 정민이도 따라 씨익 웃었다.

그 웃음 위로 무지개의 색이 부드럽게 섞여 더 아름답게 빛나고 있었다.

[십대들의 힐링캠프®] 시리즈는 대한민국 10대들의 삶을 담은 소설입니다!

No.01 박기복 글
나는 밥 먹으러
학교에 간다

No.02 박기복 글
일부러 한
거짓말은 아니었어

No.03 박기복 글
우리 학교에
마녀가 있다

No.04 박기복 글
소녀, 사랑에 말을 걸다

No.05 박기복 글
소년 프로파일러와
죽음의 교실

No.06 박기복 글
동양고전 철학자들,
셜록 홈즈가 되다

No.07 이서윤 글
수상한 고물상,
행복을 팝니다

No.08 박기복 글
뉴턴 살인미수
사건과 과학의 탄생

No.09 박기복 글
신화 사냥꾼과
비밀의 세계

No.10 박기복 글
내 꿈은 9급 공무원

No.13 박기복 글
토론의 여왕과
사춘기 로맨스

No.14 박기복 글
사랑해 불량아들,
미안해 꼰대아빠

No.15 박기복 글
떡볶이를 두고,
방정식을 먹다

No.16 박기복 글
수상한 기숙사의
치킨게임

No.17 박기복 글
소년 프로파일러와
여중생 실종사건

No.18 이선이 글
나 밥 먹다가도
화가 난다

No.19 박기복 글
라면 먹고 힘내

No.20 박기복 글
빅데이터 소년과
여중생 김효정

No.21 박기복 글
고양이 미르의
자존감 선물

No.22 박기복 글
수상한 과학실,
빵을 탐하다

[십대들의 힐링캠프®] 시리즈는 대한민국 10대들의 삶을 담은 소설입니다!

No.23 박기복 글

수상한 학교,
평등을 팝니다

No.24 이선이 글

수상한 여중생들의
진실게임

No.25 박기복 글

수상한 유튜버,
호기심을 팝니다

No.26 김영권 글

수상한 선감학원과
삐에로의 눈물

No.27 박기복 글

수상한 휴대폰,
학생자치법정에 서다

No.28 이마리 글

대장간 소녀와
수상한 추격자들

No.29 박기복 글

수상한 중학생들의
착한 연대

No.30 조욱 글

수상한 안경점

No.31 박기복 글

소년 프로파일러와
기숙학원 테러사건

No.32 박기복 글

수상한 소년들
난민과 통하다

No.33 이마리 글

동학 소년과 녹두꽃

No.34 김영권 글

수상한 형제복지원과
비밀결사대

No.35 애란 글

수상한 연애담

No.36 박기복 글

달콤한 파자마파티,
비밀은 없다

No.37 박기복 글

촛불소녀,
청년 전태일을 만나다

No.38 표혜빈 글

수상한 상담실,
비밀을 부탁해

No.39 김수정 글

감정을 파는 소년

No.40 박기복 글

수학탐정단과
메타버스 실종사건

No.41 조욱 글

수상한 회장선거